實驗性短篇小說選

逃。

本書收入林燿德先生、張素貞教授之評析

蕭正儀・著

自序：逃出心底的囚牢

每個人的內心都有一些陰影，一個小小不為人知的囚牢，一個深不見底的漩窩，迴繞，在有意識與無意識間，逃。

我們沒有辦法選擇自己的出生，甚至沒有辦法選擇所遇到的種種環境，而沉陷於其中，尋尋覓覓，迷走渾世，在自我與他人之間，無論情緣深淺，以為熟悉卻又如此陌生！站在生命的十字路口，到底何去何從？或許本書故事中的內在辯證，會啟發您的思索，找到屬於自己的答案。

不僅是故事情節，有時候，故事不在書上，在讀者的腦海；情節不在敘述本身，而在其背後，或隱藏其中，與你玩著捉迷藏的遊戲。

不是一般短篇小說，主要探討現代人在工作、情感與人生境遇的轉折中，所遇到的種種內在心靈的掙扎與迷惘，進而與讀者一同進入創意奔騰的世界，讓思緒飛翔。在每篇小說中，有超現實、寫實，意識流、後設小說，每篇的文學技巧都不太一樣，但心情是一樣的，一樣作為現代人尋找生命的答案。

contents

逃

一

這條山路不算太長，下了車後順著山坡路走，約莫十分鐘的腳程，就可以到達醫院門口。這是我第二次背負著行李上山，半年前，跟著同學一行浩浩蕩蕩上山實習，那是入冬後第一個寒流來襲時，但大家只知道邊走邊熱烈談論每一站實習的奇妙際遇，而現在一個人走著，面對自己所選擇的這條路，好長好長。

全校畢業生一百一十人，一百零九個都不會再重新走這條路了。在老師眼中，一畢業就選擇精神科，實在是個不知長進的傢伙；在同學心裡，實在是件荒謬可笑的事，別的不說，光是一個月七千多塊，就讓多少人望而卻步，美其名是白衣天使，拿的是女工的薪水，不過我以為鈔票並不需要我，而這條路如果我不走，可能更寂寥。

到了醫院圍牆外，想起老師曾說過，精神科第一步要預防逃跑和自殺，沒有一個精神病院的病人是不會逃跑的。這時，如果有一名高壯的男子翻牆而過直往下衝，我會擋在前面，用我的愛，撫慰他孤寂的心靈，這樣還沒報到就立了一件大功。但是，我仍然感到一陣顫抖。

二

我不知道我是怎麼來到這裡的，但我確知我是個善良而偉大的人。至於這裡是什麼地方，每一扇紗窗都有鐵窗，大門栓著一道道鎖鍊，還有來往穿梭監視我們的白衣人，不！不是我們，是他們和我，他們那群瘋子，跟一群瘋子相處是很痛苦的，我只是因為頭痛就被抓到這裡關起來，我其實是很痛苦很痛苦很痛苦的。

那天護理長對我說：「何韻珍，妳愈來愈有進步了，現在除了倒垃圾外，病房走廊的清潔工作也由妳負責。」

「我什麼時候可以出院回家？」

「快了，快了，只要妳好好表現。」

我的病真的已經好了！可是以偉好久沒來看我，很久沒見到大寶二寶，我的房子，我的床，可能已被別的女人佔領了，是我的姊姊韻雪，她總是要搶奪我的一切，是他們陷害我的，他們和聯合國的軍隊聯手把我關起來，還有我婆婆，她一開口，就發出強而有力的電波，控制我，但我很偉大，所以要逃，要回去照顧我的小孩，終於，那次倒垃圾的時候，我撿到了一架紙飛機……。

於是我就乘著飛機飛出圍牆。

三

「余鳳緻，妳上的什麼班？」護理長急急走進病房，拿起病歷翻了翻後，狠狠地摔在桌上。

那是有生以來第一次火山爆發，我呆兀地站著，一片白茫茫中已不知逃生，那厚厚的病歷是燃燒的岩漿，滾燙著我的心，真的什麼都不知道，可是那山口仍繼續吐出熊熊的火焰，向我飛撲而來，是不甘於就此被燒死的，我以為我是冰但卻是燃燒未全的灰燼，撲出赤赤的火花：「我不知道。今天才第三天上班。還沒有一個人到護理站，我對病人不熟，是學生帶何韻珍出去倒垃圾的。」

「妳不會小心一點嗎？她跑出去萬一遇到什麼危險，何韻珍的家屬可是很難纏的，端午節時她爸爸還拿出……，這叫醫院怎麼交代？」

話沒說完，黃醫師走了進來，護理長立刻從挺直的樹木變成搖曳的枝葉，不停地點著頭：「都是我們新小姐不會做事，我已經說過她了，也連絡了家屬，一有消息醫院就會知道。」一邊說邊將那雙大而黑的眼球向我甩過來，像是千斤般的鉛球，壓得我很勉強的喘息著。

接著護理主任來到，重述著同樣的話，我以為我是為真理而奮戰的鬥士，但卻是一個布偶，隨他們剪裁成什麼樣子。此後，每一個人都用一種眼光看著我，彷彿我剝奪了他們什麼利益，我沒有申辯或吶喊的權利，因為一道道的圍牆已將我緊緊包圍。

四

家裡是空蕩蕩的，以偉出去做生意了，不！他一定瞞著我做了什麼事，還把大寶二寶都藏了起來，不行，一定要把他們都找出來，回到房裡，粉紅色的牆壁、床單，就像新婚時一樣，但這極可能是故意騙我的，顧不得這表面的一切，迅速打開衣櫥、櫃子，把所有的東西翻出來，起碼可以找出一些證據什麼的，翻著翻著，翻出一個布娃娃，那是二寶，好可愛的小臉蛋，來，笑一個，寶寶一眠大一寸，嘻嘻！緊緊抱住寶寶，摸著、撫著，很久很久。

當壁上的時鐘敲了五下時，我趕緊把寶寶放下，跑到廚房，拿出菜刀，和冰存已久的豬肉，哦！寶寶乖，不哭，媽媽煮飯給爸爸跟寶寶吃。用力地剁著豬肉時，突然，大門開了，興奮地到門口，雙手揮舞著：「以偉，你回來了，快，來吃飯。」

「妳，妳怎麼跑回來了，快，快把刀放下。」

「哦！」我小心翼翼地將菜刀放回，躡手躡腳地站在牆角，可是以偉也站在門口的牆角，頭低低的，彷彿在盤算著什麼，我很努力地走過去說：「以偉，你累了，我煮飯給你吃。」

他走過來，握起我的手：「韻珍，聽我說，煮飯太累了，我明天就送妳回醫院去，那裡有人照顧妳。」

我擺開他的手，拼命搖著頭：「我已經好了，不需要人照顧，在醫院裡我就做很多事，我可以照顧你，照顧寶寶，求求你，不要回去，不要……。」我跪下來，一直磕著頭磕著頭……。

五

知道何韻珍回到家後，我鬆了一口氣，但仍然很仔細的研究她的病歷，希望能找出一些端倪，我相信憑我在學校的成績，是可以擬出一套護理計劃，或者什麼建議，為病人做一些治療性工作，但我更重視護理倫理，我相信愛心和真理，但那件事情，真的令我不解！

那天，護理長氣呼呼的走進來，瞪著我說：「妳不懂就不要隨便決定事情。」

「什麼事情？」

「阿源的家屬大老遠送一箱蘋果來，妳為什麼不收？又叫家屬帶了回去，這不是虐待家屬嗎？」

「照顧病人是應該的，我們不能收病人的東西。」

「妳是死腦筋！」

我強迫地告訴自己是錯的，這只是一件小事，順著護理長也沒什麼妨礙，況且跟醫院還有一年的合約，只要好好照顧病人，我是無愧的。於是每當再收到紅包或禮品時，都光明正大的交給護理長，看到她咧嘴在笑，好像對我說，妳進步了。

六

我要求以偉把孩子接回來，我可以照顧的，不用麻煩婆婆，我還可以做個好媳婦，可是以偉一直不說話，他叫我安靜坐著，然後整理東西，把一些物品藏起來，他的眼光裡透著恐懼，我一定是惡魔轉世，有一種超強的力量，能夠發出一種光，把一切東西融化，而周遭必須時時處於警備狀態，我的存在，目的就是擾亂人心，我不能看著以偉，可是無法控制，直到坐下來吃飯時，他說：

「如果妳的病真的好了，妳應該知道，並且接受，現在我們只有一個孩子，大寶在媽那裡，媽會照顧得很好，至於二寶，一年前妳在幫他洗澡時，就……死了！」

「不！不是這樣的。」

「我知道，妳有病，不怕，沒關係，沒關係……。」他捧起我的頭，拍著、撫著……。

我真的不是要害死二寶的，二寶才兩個月大，就被水鬼纏身，幫他洗澡時，他一直哭一直哭，我知道二寶很難過，水鬼利用二寶來對付我，只有殺死水鬼，我和二寶才能同時獲救，我捏著水鬼，用力地一直往水裡塞，終於，二寶不哭了，水鬼死了，我勝利了，勝利了，可是，二寶呢？不見了！

罪，罪人，不！不是有意的，來，二寶乖，媽媽疼，疼寶寶……。

七

醫師很少到病房，每次來時，總是在護理站晃一晃，跟護士開個小玩笑。當我極不識相的告訴他阿源最近情緒不穩，經常不肯吃飯，但換來的是一對白眼，然後拿起筆，在處方箋上畫些英文，幾秒鐘就解決了一個病人。

打完針後，阿源遲遲不肯離去，隔著護理站的玻璃，他的眼睛瞪得雪亮，彷彿能夠穿透一切，那是一種燃燒的光芒，不知道是要灼傷自己或是這個世界，他不用言語，在那炯炯的眼神裡，始終重複著前些天的話：「醫師為什麼不來看我，我想出院。」這時我只能再一次的告訴他：「先回去休息吧！」

好幾天，阿源都不說話，不吃飯，而我也不知道能說些什麼？

這樣的情形當然不可能持續太久，也因為有學生在病房實習的關係，黃醫師決定給阿源做電療，除了在星期天外，一切的電療前準備工作都要齊全，因為我們必須教學。於是一群人像抓一隻鬥敗的公雞似的把阿源抓上診療床，圍觀的學生們就把小小的診療室擠得喘不過氣來，當沾上鹽水的電擊棒觸上阿源的額頭時，我們都必須相信，這比電宰豬還令人看得過癮。

阿源的身體一波一波顫動著，我知道他很痛苦，而我站在旁邊也很痛苦，只是我們都必須忍耐，而我更要學習——無動於衷。

八

每次做飯時，我總要很仔細的把米和菜洗過一遍又一遍，如果能夠的話，煮熟的飯菜也要消毒一遍，因為有人會在飯裡下毒，像我這樣一個宇宙的主宰者，有太多人會因為嫉妒而陷害我，家裡的每一個角落，都要再三巡視過，以免被埋有地雷或炸彈的，但以偉已顯得十分不耐煩，他不許我做這做那，甚至於不許我對他……。

洗完澡後，我在腋下和頸間噴了香水，輕輕躺在平整乾爽的粉紅色床上，將睡衣下擺一角撩起，領口的扣子解開幾顆，此時，我的心是跳躍的音符，節奏愈變愈快，在那飛躍的音符間，已經聽到以偉在說：「妳仍然像處女一般。」

以偉上了床，我緊緊環抱著他的頸，在他身軀上移動，讓他粗短的鬍鬚扎醒我每一個沉睡的細胞，啊！以偉，我要，我怕，讓我藏在你體內，雖然我是緊張的，所有的人都在窺視我，都在說我壞話，我的婆婆隨時會進來，搶走以偉，她聲色俱厲地罵我，我……，沒有，以偉，不要走——。但是以偉拉起我的手，翻動了一下身子說：「今天不要，我很累。」

我被丟棄在黑夜裡，四周的一切都是惡魔的軍隊，他們一步步向我撲來，一遍遍譜奏著可怕的音樂，想要偷去我的耳朵，我的頭，我的……，好痛好痛。

九

我不知道我究竟能夠做些什麼？病人絕不會因為我的幾句話而有任何的轉變，這需要多少的耐心和等待，還不一定換來一絲笑容，一句言語，而且是極危險的，隨時可能飛來一個拳頭或任何傷害，當然醫院不會管你，所以必須學會觀察應變，學會隨時棄職逃亡。於是我跟其他的工作人員一樣，大部分時間扮演一個管理者的角色，這對於想要養老的人來說，實在是件不錯的工作，而我，一再的對自己發出疑問：「妳能夠堅持的是什麼呢？」

愈來愈難以面對同樣的表情，重述同樣的話，也漸漸相信，沒有一個人有百分之百的愛心，愛心只是生命裡多餘或偶而必須的。中午躲在護理站內，懷著一份不安與孤獨的心，看著自己的書，突然「碰」的一聲，我趕了出去，看見阿美正在一顆一顆撿拾地上的象棋，我搖了搖頭說：「妳這樣太吵了，快去睡午覺。」她笑了笑，低下頭坐在地上，拿起一顆「帥」，抬起頭兩眼定定地望著我：「陪我玩好不好？都沒有人陪我玩。」然後嘟起小嘴，三十歲的阿美，那一刻的純樸真誠，掩蓋了太多的滄桑，我有些不忍，有些好笑，但也只能說：「快去睡覺吧！現在不是玩的時間。」我知道她是孤獨的，我也是，只是這兩顆孤獨的心靈卻不可能碰觸在一起。

回到護理站後，阿源徘徊於窗口，用手指畫著玻璃，兩片蒼白的唇不住地顫抖，卻始終吐不出一個聲音，對我的問話，顯然無反應，只是摸著，畫著，在我不經意的時候，一個拳頭，玻璃破了，血，汨汨地順著手臂流下，傷口約有五公分長，是非縫合不可了，醫生還沒上來前，我問他：

「為什麼要打破玻璃？」

他的頭低下來。

「是不是你太太很久沒來看你？」

他的頭更低了。

十

她的頭仰得高高的，手向前一指，發出一顆飛彈，要把我炸碎，我後退，後退，她狂笑著，高喊著：「家裡弄得這麼亂，飯都不會煮，以偉也沒有照顧好，我沒有妳這種媳婦。」

她替以偉把領子翻好，要他穿戴整齊的上班，邊弄邊說：「從你爸爸死後，好不容易把你跟你哥哥撫養長大，媽最疼你，你可不能娶了媳婦忘了娘哦！」

以偉是個孝順的孩子，他要我好好孝順媽，我很努力很努力，但她不讓我碰以偉，和剛出生的大寶，我是無用的，無用的一堆垃圾，被他們扔棄在角落。

回到家很久，沒有人，她住到大哥家了，跟他們一起商議如何對付我，我知道她藏起來，去練一種武功，能夠發出超強的電波，控制我的思想，我的神經，我的一切，然後隨時可將我撕碎、毀滅，她嫉妒我，陷害我，我是超人，超人……。

她來了，我很小心地倒茶過去，她拿起茶杯，用唇輕碰了碰杯口，兩隻眼睛聚集電光射向我，我知道她要來奪走我的肺臟，我的腸子，緊緊地抱住自己，很害怕。她走過來，拍了拍我，發出一種音波：「什麼事都不用擔心，不用做，有媽在。」停頓一下，噓了一口氣又說：「既然妳能跑回來，那麼我就跟妳談談妳和以偉的事，我已經替你們請好了律師……。」

全是惡魔，我聽到惡魔的聲音，老虎的聲音，青蛙的聲音，男的，女的，一直在叫，很吵，很吵……。

十一

也許因為持續一段日子的電療，阿源的病情稍微穩定下來，但我知道這只是暫時的，這裡大部分的病人，從第一次住進醫院開始，就註定了這裡是他們另一個家，而我，才是一個真正的過客。

醫院沒有足夠的設備和人力，管理制度並不健全，但院長卻以為我們要現代化，要學習美國，所以半年前開始實施男女病房合在一起，護理站左側是男病人房間，右側是女病人房間，這個問題護士們曾跟醫院建議多次，因為管理困難，誰知道夜裡或任何時刻，會發生什麼事情，但醫生只會淡淡說一句：「發生事情大不了帶去做D&C（人工流產）。」

那晚，我跟另一個同事值班，我們正在聊天，外面顯得十分安靜，一位中年女病人前來拍著玻璃窗，手指著左側一〇七室，問她什麼事都不回答，只搗著嘴吃吃地笑，我想我們必須去看看，才一踏進房門口，我們都呆住了，阿美平躺在床上，下身赤裸著，阿源的褲子穿到一半，阿福趕緊把脫了一半的上衣拉好，我們盼望什麼事都沒發生過，只憑床上少許黏液就能證明什麼嗎？我跟那位同事都還未婚啊！但仍然立刻將阿美關進保護室，阿源與阿福綁在柱子上審問，阿源的頭低低的，臉白如紙，直說沒有沒有，我們實在也不知如何問起，因為從無經驗，而阿福的雙眼如兩團火球，始終掙扎著說：「你們憑什麼綁我，我住醫院比你們久啦！」

第二天，經過護理長的詳細盤問，才知道我們發現前，這件事的男主角除了阿源與阿福外，還有八位。

我知道將面臨怎樣的審判，但已學會如何先保護自己，因為當時我在排藥她在吃飯，在這個世界，畢竟總還是弱肉強食的。

十二

他們終於讓大寶跟我見面了，準備了好久，把頭梳好，家裡整理好，再拿出從醫院帶出來的小毛衣，那是在作業治療室跟老師學打的，打給大寶穿，我把它抱在胸前，拍呀拍著，以偉過來說：

「韻珍，現在還不到冬天，況且大寶長大了，這件毛衣只有大寶的一半身子大。」

我搖著頭，緊緊擁著，大寶是我的，不讓他們搶走。

以偉他媽，大寶，還有我的姊姊韻雪也來了，我很想見他們，但很怕，躲在房內，衣櫥裡，緊緊擁著毛衣，我知道以偉進來了，他重視我，要來找我了，不！還有另外一個人，一個女人。以偉打開衣櫥門，他看到我了，我看到了韻雪，他拉我出來，韻雪搖了搖頭過來說：「韻珍，我很早就想來看妳了，怎麼出院也不告訴我，回到家裡還住得慣嗎？」

「在醫院打的毛衣。」我將手上的毛衣拿給她看。

到了客廳，韻雪過去牽著大寶說：「來，大寶乖，過去叫媽媽。」我蹲在椅子旁邊，兩手伸向前，望著大寶，大寶也望著我，又望著韻雪，韻雪在控制他，對他說：「快去呀！媽媽最疼大寶了。」大寶的眼睛轉呀轉的，那麼靈活明亮，像我，具有超強的透視力，我的眼睛一眨，第三次世界大戰就會爆發，大寶也是，所以有人要害我們，哈哈！不要怕，笑著走向前幾步，大寶的小腳也挪前了一下，但隨即往後撲向韻雪身上：「姨，怕。」以偉他媽也過去拍著大寶：「不怕，奶奶最疼。」

哈哈哈……，太好笑了，真好玩，放鞭炮慶祝吧！來哦！拍手，我勝利了，我不是我自己，不叫何韻珍，我是戴著面具的，每一個人都學我戴著面具；我是瑪麗亞變的，大寶二寶不是我生的，池塘裡的好多青蛙才是我生的，哈哈……，他們都不知道。

十三

我被調到另一個病房了，這世間的一切總是迅速地在改變，我也是。同時必須承認一個事實，能夠在精神科待久的人，是要情緒穩定而成熟的，所以，我在這裡學習「成熟」，但成熟是什麼呢？

我仍然相信我是善良的，世界是美好的。

當初選擇精神科，還有另外一個原因——害怕死亡。在一般醫院，所面對的不外是生命的起始與結束，而每一個結束都是充滿著無奈與淒涼，我不禁對於生命這個課題，人這種動物，產生極大的不安與懼怕。

病房大部分是些老弱殘兵。王添丁，是個孤獨的老人，當然其他的老病人也是孤獨的，而嚴格的說，他並不孤獨，他有一個妻子一個兒子，只是妻子低能，兒子白痴。他住在醫院已經有二十多年了，早年隨政府來台，退伍後娶了現在的妻子，後來因為種種的不順與生活的壓力，他住進了這裡，其實對於這個病人，我並不了解，因為在我調來時他已經在靠點滴維持生命。

之所以會這樣，因為起初他拒食，不！是絕食，使身體一天天地瘦弱，終致毫無抵抗力，而醫院也索性停掉了他的伙食，避免浪費；當然每兩個小時的牛奶灌食與定時的點滴注射還是必須的，於是我做著這樣的工作，看著他一次次痛苦的呼吸，一遍遍嘔吐出深褐色的液體，身上還發出難耐的惡臭，我不斷耐心地清理他周遭的穢物，就算對這樣的生命做最後的尊重吧！同時不禁要問：

「他的家人為什麼不來看他，照顧他呢？」

「算了，他們會照顧自己就不錯了，只希望到時候能有人替他辦後事。」

「我們難道就沒辦法救他嗎？」

「鳳緻啊！這樣的病人能早點去，他解脫了，我們也解脫了。」護理長拍著我說完後遠遠的走開了，其實每一次，她只是遠遠地望著王添丁。

事實告訴我，做什麼都是多餘的，但在我上班時，仍細心觀察他的生命徵象，我希望能夠救他，即使是一口氣，但我更怕的是，他死在我上班的時候。我知道他的時間不多了，黑白無常在跟他玩著拉鋸戰，拉著這世界的線愈來愈鬆，呼吸像潮水般的起伏著，停止了一下，又做很大的伏動，通知醫師來後，他像看戲般的雙手扠在胸前，這是另一種「送終」；我沒有等到最後一刻，早五分鐘下班，緊跟著後面的是，他罩著白布單被推出病房。

十四

我又開始一直聽到一些聲音，他們在罵我，要把我送走，人聲、車聲、青蛙叫的聲音……。

好多好多的人聲，好吵好吵的車聲，那是在南陽街上，那條補習街，不！我從小都是考第一名的，不能考第二名，我不會重考的，不！我是要進台大的，不能進師大，我一定要考上，不能比姊姊差，韻雪一直都要跟我比，跟我搶，啊！她比我好，爸爸喜歡她，不！不行，我是如此的努力。

在那條街上，遇見了以偉，他跟我一樣補習，對我好，我們在一起了，可是他會像爸爸一樣的，被別人搶走，不行，我是強者強者強者……。

十五

曾經幻想著生命的美好，人性的純善；仰慕著偉人的行徑，崇高的情操，那些生靈的光在閃耀，生命的歌在吟唱，蟲鳴、鳥叫、犬吠……，鮮活的生命一一在眼前跳動，而我，我是什麼呢？

父親是公務員，我的家就像小時候學的那首歌——「可愛的家庭」，在那個溫室裡，懷抱著理想，懷抱著愛，為這個世界勾勒出一幅永遠屬於春天的畫面，但拿出來時，沒有人會欣賞，我已不知身在畫中或畫外，我以為我是不同於別人的，只是以為。

藍空、白雲、明月、星辰，一一地在向我招手、呼喚，而我卻動彈不得，拼命的喘息著，我無用的毫無抵抗力，被傾軋在窄小的空間，仍必須適應——適應，只是神經不停地拉扯、摩擦，在這樣的拉扯下，直到有一天，我將四分五裂。

十六

好多錢，爸爸給我好多錢，後來就不見了。他是大老闆，不！媽媽是被他害死的，還有那些妖精。那天，我從池塘玩回來，看見媽媽在衣櫥裡玩著盪鞦韆，後來，她常常來找我，要帶我飛、飛呀飛……。

他們說媽媽死了，我才不相信，可是一直有不同的女人住到家裡，爸爸跟那些女人送給我跟姊姊好多玩具，我都送給池塘裡的青蛙，青蛙很可憐，爸爸知道了，就罵我、打我，說我不是淑女，姊姊才是。

好美的一片池塘，始終聽到青蛙在叫……。

十七

始終聽到那美好的旋律，生命的歌在唱……。

護理長的臉，醫生的臉，病人的臉，緊緊地將我包圍，無處可逃。

決定為自己繪出另一幅畫，那條山路好長好長，整張畫紙容不下。

十八

吵，好吵，他們吵，大寶也吵，我只是拿菜刀叫他們不要吵，就說我有病，真好笑。

他們是要害我的，處心積慮，沒有站立的地方，我是輕飄飄的、輕飄飄。

不能任他們擺佈，我要逃——逃。這條山路好長，向前跑，長出一雙翅膀。

飛

飛

飛

飛

十九

這條山路雖然很長，我只知往前衝、向下衝——。而這一切，都將在我離去時消失。

當我再度走上這條山路時，已經是多年以後的事了。

（中央日報）

尋

一件素淨簡雅的白襯衫，搭配著下身藍黑色的圓裙，白球鞋上沾染些濕黏的黃泥，她散漫地行在這紅磚人行道上，就這麼簡單，簡單地已經遺忘，身旁穿梭的人群，以及列隊緊連的汽車，不時發出的喇叭聲，迅速將她吞噬在這喧囂烏黑的煙塵裡。

必須——，不禁極力地，仰起頭——，望向慘淡欲暮的天色，深深吐吸一口氣。至於天與地之間究有多遠？不甚理解，唯一清楚的是，只要抬起頭，就可以看見，皓皓藍天朗朗顯現；關於雲彩、陽光，或者星辰、明月，這被調製轉換的顏色，如此迎接自己，在極高處，散射出一種清新的氣息，只要仰首一呼吸，就是屬於天上的空氣，這般相親相連，使然忘卻自身的、以及周遭……，關於頭至腳之間，究有多長？關於前方，抑或四方的道路，究有多遠？該是那條？她行走著。

在這尖峰時刻，這條新生南路上，是嗎？新—生—南—，也許是仁愛、信義、和平或者忠孝東路吧！名字這東西，真的已經遺忘，但有一種神秘的力量，牽引著她如此行走，在清晰與模糊之間尋找，搖晃中思索著，其實是一個很簡單的問題，但必須反覆思索，關於：

我是誰誰是我？

A 隨身聽

這裡是交通專業電台，據報於五點三十分，在仁愛路與復興南路口，發生一起小小的車禍，請過往的駕駛朋友多注意……。————，嗚——。聲音呢？聲音呢？碰——。

她輕揉了一下右肩，才意識到被快速重力撞擊下的痛楚，回眸一望，一個打扮帥氣的男子正對她歉然一笑，然後急速將距離拉遠，她沒有時間去顧及男人的事，那只是一個「別人」。

重新將耳機塞好，抓緊黑色背包裡的隨身聽，轉動選台鈕，只要將頻率對準，就可找到所要的聲音，但這細微的頻率，總有莫大的差距，使雜音充塞耳際，或是與自己不相干的言論語調，什麼——，請收聽三分鐘新聞，今天下午×黨在忠孝東路，往國父紀念館方向示威遊行……。嗯！或許可能對吧！這到底是不是我呢？我也正在遊行、示威，在大街小巷中，走了好久好久，怎麼沒有人報導我的新聞？關於我的消息呢？我正在吶喊、抗議啊！為遺忘了自己而抗議！

有無數的人從身旁走過，卻又似乎沒有人，不知是那一類機器或生物，而我究竟屬於哪一類型機器呢？緊緊抓住那冷硬的隨身聽吧！來回轉動數次選台鈕，你在哪裡？到底什麼是我—的—聲—音？很多的，數字與符號，包括枯葉、落花、汽車、大廈、垃圾桶，都代表一種符號，以及自己的上衣與窄裙，「×」和「○」的問題，「？」與「！」的差距，哦！努力不去看——想，閉起眼，那種聲音，收音機裡，——這裡是中廣調頻廣播網。嗯！這個聲音好熟悉，甜甜柔柔的，望望自身，挺相配的，可能就是吧！——歡迎收聽「美的世界」節目，我是郝小琴，現在為您播放一首——。對，這不就是我——，要的聲音嗎？美，的，世，界。

我是郝小琴

「我和我自己的影子，徘徊在……。」尚未唱完時，台下爆起一陣如雷的掌聲，有人吹口哨，有人叫安可，而她只是輕輕鞠了個躬，白紗裙擺緩緩飄起，旋舞似地走下台，就在前方臨近舞台處，有雙全然凝視的眼光，是他！

「這只是個露天音樂台！」

「是的，我知道，妳要的是國際水準的大型演唱會，在國家音樂廳。」

她頷首地點了點頭，陷入一種極度的沉思，在寒夜裡，她那碩圓的雙眸發出奔刺的光芒，衝破這渾熱音樂，跨出嘈亂聲響，在前方，那一大片美景，更亮，更巨大，更耀眼，看到了，就在那裡，是自己。

但她隨即跟他起身離開。在默然不語時，使他更相信，她是那般含情脈脈地在等待，他歡喜如此，就這般沉靜注視，比她演唱時更美，可是……。

「我該回去了！」她終於開口。

他靠在黑色轎車旁，一手環住她的腰，一手托起她的腮，使自身溫熱的舌尖爬上她的頰，她的唇，冷風從彼此唇舌的罅隙裡急速走過，隨即將濕黏黏的熱氣風乾，她摒住呼吸，觀看從他口中吐出的一團團白渺渺氣體，在輕而飄忽裡，他說：

「在這麼多的女孩中，只有妳，我對妳是真心的。」

「什麼是真的？我來不及去想，只是有許多事，我必須去做，有許多條道路，讓我要遠離此地，總有一天……。」

「不用急，只要妳願意，在我這裡，可以完成妳的一切，包括，讓我築起妳的夢。」他將食指輕移在她唇上，然後掏了一下西裝口袋，拿出一個錦盒，執起她的手，在暗夜中。

她終於坐上了那部黑色賓士轎車。

關於郝小琴，一個剛出道的歌手，跟國內最大唱片公司的小開，這件羅曼史，以及種種臆測紛紜的原由，甚至預設的結局，立刻在圈內傳揚著，更似這季北風般地吹過街頭。而郝小琴，起碼現今在風聲雨裡，在暗淡的月色中，她不用再踏著自己的影子行走，走向那迷濛中空寂的屋子，看著淡然慘白的面孔，現在，眼前只有多樣色彩，變化奪目的光影，將自己與影子俱與掩蓋。

當她再度坐上這部黑色賓士車，車身已結滿了紅色綵帶，她以為，走過這條紅色道路，更多更多的色彩將迎接自己。

她行走著，往前向上，從不歇止，而有一種聲音，似繩索不斷圈跳過來——。

「小琴小琴小琴，回來……！」

無法回頭，繼續攀爬，猶如置身挺峻的山巖，那山峰與雲天連成一色，與迴盪在高空深谷的穹音，以更巨大的力量牽拔著她，向上向上，向極高處的聲音，而那頂峰竟也在向上伸展，繩索無力地愈變愈細，終於嘎然而斷！

看到了，就在這裡，形形色色形形色色！

雷射光影交互輝動，紅綠光芒似長劍逼射中央，隨著強烈的節奏快躍奔舞，旋轉的中心舞台緩緩升起，舞台的周邊結滿了黃色玫瑰花，映照著圈住她微小身形的黃色光影，在巨大堂皇的舞台上，樂器的聲律擊打每一寸空間，每一分空氣；樂聲奏動間，帶著從她喉管而出的歌詞，如嘶如吼，渾然掩去心律的跳動聲，遮住台上台下的呼吸聲，而那濃濃的油彩厚重地覆在她白晰的面容上，露肩的錦衫綴滿閃閃亮片，為要完成這超世紀的演唱會，她死命地舞動高唱，讓萬千凝滯的目光屏息以待，在刺亮的光中，衝天的聲響裡，她深深喘了一口氣，繞著舞台轉了最末的一個身圈，樂聲漸弱。

陌生的掌聲震天響起，逐次沉落，沉落——。她站在虹彩中，彎身下去，卻見幢幢黑影，全然靜默，熱流慌亂竄襲，靜冷寒氣悄悄伸進，進出之間，她胸中神經被重重扯斷，茫然僵立中，乾澀的笑容飛出舞台，找尋那熟悉溫馨的，全然等待她的，屬於春風或陽光的臉，那裡那裡那裡——？一片幽暗，飄浮中，麥克風忽速跌落，重擊著她的腳！

來，來，來，沒有人，沒有沒有沒有。

你在哪裡——？

是郝小琴嗎？

是的是的是的，我聽到了——，撞擊地面，摔傷的隨身聽，發不出最終的哀叫，眼眶迸出的水珠下落搜尋，那絲碎片，哦！隨身聽，那聲音——！

找不到找不到，抗議抗議抗議！

我的影子呢？

B 筆記本

「世界有什麼？」

「有生命，有愛；有生命的地方就有愛，有愛的地方才有快樂。」

「什麼是生命？」

仔細研究著，這樣一棵不知名的樹，樹幹堅實粗壯，支撐著枝幹與葉片，葉子的紋理脈絡，細細可循；如大河分散成的支流，緊連著主河，忽隱忽現，所形成的綠色大地，如開展的地圖，風起捲收，似這葉片，枯黃了，只有隨風款擺搖曳，於沙塵中惴惴呼吸，沙沙作響。正待進一步傾聽，卻已飄落，只有坐在樹旁的行人椅上，等候下一片葉子的落下。

許久，飛揚的風塵擦過臉龐，隱隱刺痛。只好翻出那軟舊的筆記本，凌亂的字體躍然呈現，那樣熟悉，關於世界，生命與愛，世界是否等於生命？而生命是否等於愛呢？

她照著紙上的字句寫著：有生命的地方就有愛，有愛的地方才有快樂。嗯！字體彎扭得硬擠成一堆，非常相像，或許可從這筆記本中找出關於自己的蛛絲馬跡，遂翻到封面，上頭印著「××商業職業學校」字樣，而在Name及Address兩欄處均係空白，頗感失望，再翻到原來那頁，終於在左下角發現一個名字——孟梅。

她如此相信著。

孟梅自己一個人走在路上沒人理這生命是樹木是落葉是風是塵是什麼都沒有留下不知道沒有留下留下知道沒有。

有一行行緊密的字句：我再也無法忍耐了。

一筆一劃是一根根交纏的手指，指向她，撲向她，向她招喚著，剎時她的黑眼球化為逗點，逐步進入字裡行間，追走那空心的句點。

這是一篇動人的故事，關於：一個集火柴盒的女孩。

「走開，滾，全都給我滾！」

昨晚爸爸又喝醉了，在他狂吼聲中，我奔回冷寂的房內，淚水撲簌而下，倒在床旁，蜷縮起雙腳，一陣冷顫後，打開抽屜，堆集著琳瑯滿目的，印著某某餐廳、咖啡屋、酒店，各色各樣的火柴盒，總在這樣的夜晚，與我相看相伴，尤其窗口襲來的寒風，這般地冷，冷進血管、心房，因而我必須用僵硬的手指劃下一根火柴，為了點煙。

「妳為什麼不爭氣些，盡學這些壞樣，是要變成太妹，還是像妳媽？」

「媽有什麼錯？是你做生意失敗，又欠了一大筆債，一天到晚不在家，媽才出去工作的！」

「妳居然用這種口氣跟我說話，我養妳有什麼用？這一切，還不都為了妳們母女？做生意失敗，那不是我的錯，是這個社會太狡詐、太現實，只要出現一點危機，所有的交情都是假的，妳懂什麼？妳懂什麼？」

不懂不懂不懂，怎麼會變成這樣呢？我不斷地走不斷地走，月兒也不斷地走，漸漸地與我離遠了，每一家亮起的燈光在深夜中漸次暗滅，世界在這種秩序中轉動，而我已昏眩，倚在僅有的路燈旁，那矗立的公寓樓房，將自己的影子壓裂成四五片，伏在地上胡亂拍抓，到底哪一個是真正的自己？地是冰冷的，我懼而起追，尋那屬於自己的溫暖之光，搖晃著腦袋，散逸的髮絲，掃去醉臥冰箱旁的父親，唯一想到的是，去找媽媽。

在這個時刻，位在鬧區的店裡是熱鬧的，我迷恍地走進去，面對一片黑暗，和一張張酒意醺然的臉，在混熱的音樂中，交互晃倒著，且不時被男女搖擺的臂部所撞擠，那不注意的、奇異的、逗弄的，種種眼光向我投射而來，交集成一把七彩寶刀，刀鋒上竟映現媽媽的臉，哦！一定要快快找到媽媽。——避開搖撞而來的男人，以及裝扮艷冶的女人，努力找尋母親的身影。該在調酒吧！或在裡面洗碗？但吧台裡全是陌生的臉！只好穿梭在狹小昏暗的包廂間，一張高背長椅上，終於，媽媽的側身，躺在一不知名的男人身上，我呆兀著，懷想是與否的問題時，母親驚愕地叫了我，而我叫了——天！奔回夜空下。

夜空裡沒有一顆星辰，地上沒有一絲燈光，想用僵冷的手掌摩擦出一點光熱，但細胞彷彿都已病死，再也無法躍動，只有方才隨手從店裡拿的火柴盒，在口袋裡晃動著，我點燃了一根火柴，冒出一撮火光，哦！那是母親的愛，愛的另一種形式？在瞬間即將熄滅時，火柴燒到了指頭，我痛了、病了！在星辰與燈光之間！

確實是病了，並且非常專心地生病，在昏睡中，那形似學校與家的建築物，都化為夢中的幻影，直到恍惚中有人來到我床旁，眼皮翻轉了一下，是一張陌生而模糊的貴婦的臉，她摸著我的額頭，叫了聲：「孩子！」斷斷續續地說了一些話，然後拿出一套名牌淑女裝，粉紅色的，領口鑲著漂亮的蕾絲花邊，但那顏色竟愈變愈強，從粉紅到洋紅、棗紅、火紅——，紅光刺傷了我的瞳孔，眼皮虛軟地塌了下來。昏濛濛中，看到穿白襯衫，藍裙子，白布鞋的自己，獨自坐在教室裡，拼命寫著考卷，題目多得密密麻麻，原子筆沒有水，同學都已下課回家，怎麼辦？忽然有個女人進來——妳這沒用的人，什麼時候偷跑進來的，快走！——不是我，不是我，不是——。那張臉極為恐怖，一半是化了濃妝，一半是陰森慘白，她大聲斥喝著我，用十公分長的指甲抓破我的白襯衫，我大叫一聲奔出教室，在廣闊無人的操場上，一直跑一直跑——！

混亂的吵架聲中，我再度地醒來，穿上衣服，過去將耳朵貼在門縫。

「妳這不要臉的女人，還回來幹嘛？」

「回來看女兒，順便繳這個月的房租和水電費。」

「好，何不順便把妳的女兒帶走！」

「這什麼話！我還不是為了這個家，為了幫你還債，為了兩個孩子。」

「兩個孩子？一個吧！我只有一個女兒，卻被妳趕去住校了，現在妳稱心如意了吧！我破產了，一無所有了，對妳毫無用處了，妳可以走啊！走！帶著妳女兒走！」

「當初也是你一再求我嫁給你的，你說你不計較一切，而且我不也替你生了個女兒嗎？」

「是呀！誰叫妳那時楚楚可憐，美麗動人，但我怎麼知道妳當時已懷了那小子的種！」

「你，你……！」

你們在演怎樣的一齣戲啊！這樣的情節動人嗎？或許吧！如果我是觀眾，必已震動心腑，感動落淚，但我究竟扮演那一個角色呢？我是誰——？倉皇若失地，打開收音機，將音量開到極限，隨著音樂狂歌，狂歌！

我喜歡唱歌，尤其讓別人專注地聽我唱歌，那時，「我」，就是存在的，並且會比任何人都有用，都有錢，所有的人都將看到——我，站在世界的頂端，啊！世界，世界是什麼？在哪裡？爸爸媽媽棄留下來的一堆堆火柴盒嗎？擁抱著火柴盒。還是用火柴將所有的敘述燒掉吧！但，顫抖的手，終究是沒有這樣做，只是走了！丟棄了白襯衫、藍裙子、白布鞋，我走了！

請相信並支持我這樣的決定，相信我為自己所創造出的一種愛，且聽我的歌，看我的記述吧！好嗎？孟梅！

好的，我的確相信這樣真實動人的故事，「相信」，這就是作者的目的，讀者的權利，而那個作者，就是我，孟梅。

在筆記本最末一頁的下端，有一片被燒灼過的痕跡，女孩伸手撫摸這焦黃的殘頁，並想抓住紊亂的字體，但風一吹，「孟，梅」，這兩個字，像落葉般飄舞起來，愈飛愈遠，不！跳起來，去追！筆記本跌落——！

不要拋下我——！

別走，別走，等等我，孟梅，妳在哪裡？

C 駕駛執照

天是藍灰色的，陽光早已落在大廈後頭，一個個賣著衣服、飾品、零食的攤販全都擺設出來了，往來簇擁的人群，使她幾乎看不見前面的路，只能被推擠地走著。悶滯的氣流下，她再也無法按捺，衝到一個攤販前，還沒待開口，那鑲著金牙的女販就搶口而說：

「小姐啊！妳戴這頂帽子好看吔！」隨手將一頂藍色絨帽硬推到女孩跟前。

這麼大一頂帽子，戴在小腦袋瓜上，怎麼扛得住呢？遂將帽子推開了些，還是先管管自己的老問題吧！

「我……，請問，妳認不認識我是誰？」

女販瞪大了眼，在訝然一笑間轉頭，再以笑臉迎住其他來往的人，沒人理這女孩，只有旁邊一對男女，對她指指點點地嘲笑著，她想，自己還懂得羞吧！急衝出人潮。

十字路口上，紅燈亮了，正要過斑馬線時，一輛轎車突然來個急轉彎，差點被撞倒，她生氣地咒罵了幾句，這人一定沒駕駛執照，對！駕駛執照，自己有沒有駕駛執照呢？這是個關鍵，一過完斑馬線，她立刻在黑色背包裡翻找著，好幾遍，在內袋裡吧；哦！駕駛執照。

是五十ＣＣ的機車駕照，不過有總比沒有好，總算是有個證件，證明自己這個人是存在的。仔細瞧瞧，照片裡的女孩長髮、大眼、尖下巴，這不就是我嗎？雖然相片有點舊而模糊了，但依稀還看的出的確是個女孩，再往下看，姓名欄填的是孔若珍，這個名字不錯，恐怕這就是真的了！真的就是我，民國五十三年二月十日出生，地址是台北市金山南路一段七十二號，太棒了！這是真的，只要循著這條線索找下去，一定可以找到自己，這個地址就是我家，但金山南路離此尚有一大段路，暗澹的天色下，月兒已露出個臉來，迎接著回家的人們，而我的家，往哪兒走呢？路上塞滿的車，沒有一輛我搭得上去，摩托車在汽車的夾縫間左迴右拐，交通工具是不可靠的，靠著月光的指引吧！

一邊研究著駕照上的種種資料，一邊觀看路旁停放以及路上行駛的機車，自己也該有輛機車吧！五十ＣＣ的，到底是哪一輛呢？找到了車子，或許可以更快到達目的地，但持有駕照就代表一定會騎車嗎？不管，先找到再說，專心注意看，我將找到你，我自己，是了，看！那輛疾駛的機車，轉動的雙輪，有某種力量，似偌大的磁場，吸住我的眼、我的神經、大腦，隨著轉動，快得騰空而起，飛——飛——，飛起來了！模糊—清晰—模糊—清晰！飛——！

在空中盤旋，靈魂、四肢、耳朵、眼睛，一一被支解了，厚重的氣壓，強力的速度，上不著天下不著地，要飛——，可是一雙手，緊緊環住我的腰，前面有一黑形巨物，重力——，馳——，崩裂的那一剎那，一雙手，伸向空中——！

食指摁了七次門鈴，七分鐘後，穿著睡衣頭髮蓬散的女子出來開門，以一種怪異的眼光打量著我，然後搖了搖頭，嘆口氣，正要關上門時，我用手掌阻了回去，但她的眼珠子迅即甩到我腦後，再度搖了搖頭說：

「小姐，雖然感覺上我們似乎見過，但我並不認識妳呀！」

「妳再想想看，可能我們是認識的？」我想我必須找出一些證據，諸如證書或相片之類的，立刻打開了那只黑色牛皮包包。

「哦不！小姐，妳不用拿錢，金錢並不能夠證明我們是朋友，甚至知己！我只想知道，妳是來找誰？這裡只有我一個人。」又想把門關上。

「不是的，妳等一等，我正在找，找……，找一個，過去！」

「那妳找錯人了，我沒有辦法替妳找到過去，我很忙，還要準備明天的會議資料！」她冷冷地說。

「不！」我終於在記事本裡找到一張照片。「妳看，這張照片，是在天祥的梅樹下照的，裡面有兩個女孩，頂著一頭清湯掛麵，互相搭著肩膀，笑的多開心呀！其中一個就是妳，妳看，後面還有妳寫的字：『相識滿天下，知心有幾人！』」

她整個人似乎進入了相片裡，進入了部分回憶，而我寧願相信那是在回憶，絕不是幻想，起碼現在有一個人，可以聽我說，那太多太多的話。

「這麼說，妳是相信囉？那麼可以讓我進來嗎？」我以一種近乎哀求的口吻。

「那裡的風景真美啊！什麼……？妳是說，進來，從這個門嗎？好吧！只要妳願意。」她的手一鬆，門就自然的敞開了！

這房子大約只有十坪大，我卻似乎經過漫長的甬道才到達，見裡面的擺設十分陳舊，只有一張塌陷的沙發椅，椅背上掛滿了衣服，這使我忽然陌生起來，陌生得不得不對自己、及眼前的女子、房間，產生了疑問。一定是租來的房子吧！但我怎麼會到這裡來的呢？為找尋一些東西的嗎？我躡手躡腳地，站在僅有的窗口邊，看著窗外的景色，近午時分，那樣熟悉。

在尋索中，已不知覺地往沙發椅坐下，不停搓揉著雙手，而她手中卻一直握著那張相片，眼睛卻注視著牆上一幅複製的風景畫，一句話不說，我卻早已有滿腹的話語：

「這房子是妳租來的吧？」

「什麼不是租來的呢？我不知道，忘了曾經擁有過什麼？」她對著那幅畫淡淡地說。

是啊！那幅畫，好像在哪裡見過，畫裡是一片藍藍大海，一隻海鷗展翅飛翔，頭頂著白雲，海上波濤萬頃，對了！有一次，在公館附近的地攤上，我先看到了這幅畫，她也說，這畫上的感覺不錯。

「瞧！這幅畫，妳記起來了嗎？那年，我們一起走在街上，我先看到了這幅畫，不料妳也喜歡，我就把它買下來送給妳，那時我們的感情真好呀！還有人懷疑我們是同性戀哩！真好笑！而現在，妳卻還保存著，還保存著……。」

「可惜，飛鳥盡，良弓藏；狡兔死，走狗烹！」

「不是的，是時間阻隔了我們，妳想想看，七年前我們是多麼好的一對朋友啊！那時是在學校的最後一年了，我們還不知道讀書，上課的時候盡在班上傳紙條，下了課就在路邊買一根烤玉米，妳一口我一口地邊走邊吃哩！那時多好啊！」

「那時候，除了妳我還有小梅，我們號稱三劍客，小梅家很有錢，還沒畢業就全家遷居美國了，只剩我們兩個人，而這一切都已遠了！」她指著畫上的那朵白雲說。

「然後妳去補習，我去學唱歌，但是仍然在每個週末妳會騎著機車，載我去陽明山，妳說要去看雲，而我則是去T大的籃球場上，看那個長的很帥的男生。啊！記起來了，全都記起來了，我找到了過去！」我十分興奮地。

「不！找不到的，妳找不回過去的，妳忘了，五年前，妳的歌唱事業正開始扶搖直上，又認識了唱片公司的小開，不久，你們結婚了，我去找妳，妳卻忙得理都不理我，妳再也不需要我了，而我也不再去找妳，現在，妳來做什麼？是妳的婚姻、事業亮起了紅燈嗎？哈哈，哈哈哈……！」她悻悻地說。

「不是這樣的，聽我說，我們還擁有過去啊！我來找妳，只是想再一同騎著機車，去陽明山看雲，在路邊啃著烤玉米，走！讓我們現在就走！」我拉著她的手。

「沒有用的，來不及了！」她的頭向著我低下，手掌出奇地冷。

「來得及！只要妳願意，這一次，讓我騎著機車載妳去，妳的摩托車還在吧？」

「可是，妳不是都開轎車的嗎？」

「妳放心，我會騎五十CC的機車，相信我，妳想想，過去，多美好啊！」

「是啊！那多麼美好，但這是真的嗎？」

「真的。」

「真的！」她終於有了一絲笑容。

那輛機車，粉紅色的，我們一同跨了上去，我感覺這一切將是屬於我們的。開啟了油門，車子衝上了馬路，路上彷若無人，我直駛而過，但路好遠好遠，扭轉著油門，加足了馬力，錶上的時速指向七十公里，奔馳在往陽明山的路上，上了仰德大道時，我再加速飛馳，錶上指針已到底，她抓緊了我的腰，口中喃喃唸著：「就快到了，就快看到雲了！」我想著她的話，想著雲彩，我們就盤飛而上，旋轉——旋轉——，在一個連續彎路後，一輛黑色轎車倏地直駛而下，我一個閃躲，墜落——，崩解……，我們的手，在空中，撲抓——！

我看見自己，那具披著人皮的軀體，佈滿了紅色的漿液，那是上天給我最後的禮讚嗎？此刻，心臟已不再躍動，瞳孔散大，飄向那朵逝去的雲彩；五指半張，像要等待抓住些什麼似的。突然我為自己這最後的演出感到好笑起來，這種靜止的狀態，分解的姿勢，也挺好看的嘛！可是一會兒，一群人來，用一張白布將那軀體蓋了起來，要把它抬走，而我，能跟自己說再見嗎！不！一個翻躍，追了過去，回來，回來——！

聽到了！巨大的機車喇叭聲，震動著耳膜，迴盪在血管裡，是粉紅色的機車，它竟也……，急馳而過——，我向前奔跑，不！不要走，別走那麼快；孔若珍，妳在哪裡？回來，回來——！

D 尋人啓事

我散漫地走在這紅磚人行道上，一切都變得複雜起來，複雜的商店，複雜的霓虹燈，複雜的臉孔，卻都走著同樣的步調；拖著沉重的包包，沉重的衣服，沉重的軀體，在這條無止境的路上，車子呼嘯而過，風也呼嘯而過，像我這樣的人，被遺忘在這樣的空氣中。

一家文具店門口，掛滿各種雜誌，有的封面是名人政要的肖像，還有一本是金髮碧眼，裸露上身的女郎，直令人目不暇給。而在左邊的角落，吊著唯一的一份報紙，在一天的盡頭，已經沒有人會注意，只因為過了幾個小時，就不能算新聞了，人們總喜歡看剛出爐的，新奇有趣的社會百態，譬如股市上揚下跌啦！哪位名人終於去世，又有誰被謀殺、強姦等等，這些早已發生的事，一躍到紙上，就成了今日的新聞，我們只有在報紙裡，去追味一些昨天的事。

買下了僅餘的報紙，或許有些什麼剩餘價值的。翻了一下，大事不外那幾條，我真正關心的是「自己」，至於像副刊那種鬼東西，更是真真假假，真實中的矯情，矯情中的虛構！然而，從第一版到最後一版，真正可靠的敘述有哪些呢？翻開廣告欄吧！一個個黑色的小框框，大小字體萬頭竄動著。

像這樣的啟事，我不也該為自己登一則嗎？或者這裡面正有尋找我的啟事，仔細搜尋著，怎麼全是些警告逃妻、逃夫之類的！再不就是什麼聲明作廢、斷絕關係啦！於是我再也無法忍耐，決定為自己登一則尋人啟事，先找一張行人椅坐下，草擬著內容：

尋人啟事

親愛的父母兄弟姊妹同胞們：你們可曾遺失過什麼嗎？無論你在何處，在哪一個時間裡，都請你仔細地想一想，關於「我」，可能是你的兒女、妻子、姊妹。自亙古以來，我們就必須相互依恃著，即使你也遺忘了，但終有一日我們必將再度相遇。

如果你已記起，也在尋找，那麼我將在這條不知名的人行道上，穿著白襯衫，藍黑色的圓裙，及一雙白球鞋，等待著你的來臨，告訴我一些關於「我」的事。

一個尋找自己的女孩上

我寫完後，非常得意地笑了笑，然後拿到原來的文具店，對正在嚼檳榔的老闆說：

「老闆，這一則尋人啟事，麻煩你代我刊登在報紙上。」

「小姐，這麼多字，要很多錢喔！」他略為不屑地瞧我一眼。

我心想，一定要有錢才能尋人，才能找到『我』嗎？便說：「你放心，我會給你錢的，請你儘快幫我登出來。」

「再快也要等到明天拿到報社，後天才能見報啊！」

「不行，我已經等不及了，我立刻要見報！」我摸了一下口袋，確實只剩下一百元了！但又真的等不及，自己好像就已經跳到報紙裡，而報紙卻已黏附不住，一個個字搖搖欲墜。

「小姐，妳這樣著急，最好到警察局，找警察先生幫忙，不過，警察也難講哦！」

說完他調頭欲去，我只好拉住他央求著：「那麼拜託你先幫我COPY一些吧！」我掏出口袋裡的一百元給他。

一張張的尋人啟事，從影印機裡一遍一遍地印送出來，於是這時我就等於尋人啟事，等於一張張的影印紙，而這樣的等號，在滿了一百次之後，我終於捧起「我」，也就是一百張的尋人啟事，走出了文具店。

我捧著一疊複印的尋人啟事，在這條人行道上，一路地散發著，但這些男男女女，有的人連看都不看，就把成為複印紙的我丟進了垃圾箱；更有的人看過後，朝我戲謔地一笑，然後遠遠地走開，這時，我不得不為人們的記憶力感到可悲。

走過一個十字路口後，手中僅餘十張的尋人啟事，而眼前是一座三層樓的派出所，悄悄地蹲立在大廈旁，我走到派出所門口，引頸探看裡面有沒有「我」——相似於我的事物，而首先映入眼簾的是一面佈告欄，上面貼著一張張通緝文，還有一些無名屍體相片，這會是我嗎？不禁全身打了個冷顫，呼出的氣息直穿透佈告欄內的玻璃。

這種空洞，這種透明，哦——！雙手揉抓著腦袋，不——！我要找到一個人，人——！遂直衝入派出所，拍著值班員警的桌子：

「我要報案，報案！」

警員先生放下報紙，吭了一聲說：「小姐，別急，妳要報什麼案啊？」

「失蹤人口，我要找人！」

「好，妳等一下，先把這張表格填一填，叫什麼名字？家裡誰失蹤了？」

「我！我失蹤了！我不知道我是誰？叫什麼名字？警員先生，拜託你，趕快幫我找回自己！」

「妳說什麼？妳不知道妳是誰？」他既驚訝又無奈地攤了攤手：「居然有這種事？」

「先生，請你查查看，貴區有沒有失蹤過像我這樣的人？」

「哦！有，可是很多！所以要待我慢慢地查查看，小姐，妳先坐下來，再仔細地想一想，有沒有什麼勾起妳記憶的人，或者事物？」

「不——！沒有，我什麼都沒有，白茫茫地——，一片雲，一片雲！」

「什麼都沒有，什麼都遺忘了！這也挺好的，無事一身輕，可是，瞧！妳有一個黑色背包哩！」

對！我翻出了黑色背包裡的隨身聽、筆記本、駕駛執照，並遞出手中的尋人啟事，但他只是看了一下駕駛執照，就搖著頭說：「這駕駛執照不是妳的，不過這個女的可能認識妳，至於其他的這些資料，零碎而片段……！」

「人生如戲啊！但總要搞清楚，自己扮演什麼角色吧！」

「唉——！」他點了根煙，長吁口氣：「自己扮演什麼角色，有那麼重要嗎？遺忘了自己，這也很好啊！這樣所有的前塵往事，所有的思緒、情感、怨懟，與扛在身上的責任、義務、權力，全都一股腦兒地拋開了，哈哈……，不錯，不錯！」

「你錯了！我是一個人，擁有一個『人』的生命，我存在，必有做為一個『人』的終極目的。」

「何必呢？小姐，我還挺羨慕妳的哩！忘了我是誰，脫離了過去，從此還可以用另一種身分出現，走向另一段人生的路。」

「不！人是無法脫離過去的。找尋自己，是我的責任，而警員先生，你的責任就是幫助我。」

「妳……！好，好一個警察，真無奈啊！」他終於翻開檔案尋找著。

「快點！」

「有了，這一大疊都是失踪女子的資料，有郝小琴、孟梅、孔若珍……，妳看看哪一個是妳？這個？這個？喏，這是不是妳？」他指著檔案裡的一張張相片說。

郝小琴、孟梅、孔若珍，是嗎？這些名字都不錯，但到底哪一個是我？這些名字，都那麼熟悉，卻又代表什麼意義呢？我，究竟在哪裡？

「算了吧！我羨慕妳啊！」

是這樣的，這個是我嗎？我——，抓起了那十張複印的尋人啟事……！

她，一個女孩等於複印紙等於尋人啟事等於……，在這條人行道上。

（中央日報）

迷

昏黃的燈光下，裊裊煙絮緩緩上升，環繞在空氣中，一顆顆閃爍的微粒子，從眸中走出，游離在枯萎的黃玫瑰花瓣間。

我輕輕地閉上眼，悄悄地闔上書頁，那書中淡黃、淡藍、淡紫的色彩，還有頎長纖瘦的女孩，披著柔細飄逸的長髮，斜躺在淡藍書頁的下方；高挺的鼻樑上，深邃的瞳孔，幽幽地望著遠方；櫻桃般的小唇，密藏了訴不盡心曲，轉化成一個個印刷的字體，以及較黑且大的小標題——

愛一個男人一定要和他發生關係嗎？

這書中，不！這世界已和我逐漸融合。

（關於愛情的故事，大家都聽說過吧！）

把煙灰缸挪近了些，缸緣四角的凹洞，塞躺著三根salem煙（當然，女主角是不抽煙的，不能抽）。桌上有四杯咖啡，以及一瓶約翰走路，端起靠近自己的一杯，輕輕啜飲一口。

「美酒加咖啡的滋味如何？」

「只能喝一次。」

「是嗎？」我從皮包裡拿出一包面紙，抽出一張向前遞去，那水汪汪的眼眶裡，彷彿有我的臉，又好像不是，朦朧中遠遠近近，存在又消失，所有的聲音，變得不清楚，不清楚：

「這事是怎麼發生的？」

「我掛了他的電話。」

當遞出第二張面紙時，一幕幕的影像在我眼簾出現，一個純情的大學女生，深愛著才華洋溢的學長，但是……，這一次她掛上電話，癱坐在地上，再也噙不住的淚，將白色上衣全浸濕了。這是我預料中的嗎？不！我設計出來的，我知道這可能成為一篇小說，如我知道她現在正用手托著前額，一種潮溼的紅，散佈在蒼白的臉上，然後長長地抽吸一口氣。我專注地望著，面前只有一杯咖啡。

喔！不！我覺得自己沒有了，沒有了，怎麼辦？

他是個好男孩，會作詞、作曲，會寫詩、散文，有滿腹的學問，滿腦的理想，他的才氣與智慧總讓周遭的人黯然遜色。但我認識了他呀！這不是神話，他的每一個動作，是夏日的風拂過草原，是最美的藝術電影；每一句言語，是春日枝頭的鳥鳴，是千古留傳的詩句，他說：「妳是個好女孩，有一顆純潔善良的心靈，妳知道，我就喜歡妳這不解世事的樣子。」

這是個好男孩與好女孩的悲劇嗎？不知大家有沒有看過一部電影，叫做《編織的女孩》，故事往往是這樣發生的，結局是否也跟電影差不多呢？當然不，否則我不需要在這裡浪費筆墨。

我只知道，他現在正一手拿著筆，一手撥弄著吉他，為他下一張唱片作曲，而我呢？把他換下的衣服拿去洗，幫他清理地毯、床鋪。愛一個人，就是默默地為他做一切，不帶給他任何負擔，為他做，為他想，為他擔憂，為他計畫，這已是我生活的重心，雖然時有淡淡的哀愁，不過這樣的哀愁填補著我的心，不再空虛。

把他的毛毯抱在胸口，輕吻一下，再仔仔細細地疊好，忽然，我聽到「砰」地一聲，吉他摔落地上，他的創作遇到困難了嗎？還是不要去吵他吧！不一會兒，聽到他走向床邊，然後雙手摟著我的腰，吻著——瘋狂地——我的頸，我的……，如滾熱的岩漿奔流於心，他溫熱的肌膚，澎湃的血液，與我相遇，一種屬於生命的。哦！剛整理好的床鋪又亂了起來。（親愛的觀眾，這是普通級的，所以鏡頭只能照在這個角度，抱歉，現在要換場。）

至於剛才發生什麼事，不用說大家也知道，這實在不是什麼黃色小說，我也不太會在小說中，用可令你心弦悸動的文字，但這是一種淒迷的美，就像今夜，朦朧的街燈下，踽踽獨行於街道旁，深夜兩點，一切是那麼迷離，恍恍惚惚地。恍恍惚惚中他說：「我是特殊的，妳也是特殊的，所以我會用特殊的方法對妳。」然後輕吻我一下。

「我知道，什麼都不用說，你回去繼續創作吧！我自己會叫計程車回去。」

計程車駛在黃昏的西門町，轉個彎進入內江街，停在一家寫著「××婦產科」診所面前，這是一個多月以後的事了。

我……，不，我還是個學生，要期中考了，不能……，我是跟別人不一樣的女孩，為什麼？比別人早熟呢？是的，我能承擔自己的一切，這是什麼時代了！哈哈！新女性，對，自己負責。只有這樣。我跟他彼此不會有負擔，我不能給他負擔，啊！我是堅強的，堅強的，堅強的——，喔！我做了什麼呀！濕黏黏的雙手緊握著皮包，裡面有三千元，是他剛才給我的，他說：

「抱歉，不能陪妳去了，我必須立刻趕到南部一趟，我知道只有妳最了解我。」

哦！甩了甩長髮，從來不怪他，不怪他——，摒著最後一口氣，腳步往前挪，把一切思緒都拋開，拋開——。

白色的牆壁，冷冰冰的；人的臉，穿白衣的男的和女的，僵硬而冷冰冰，他們口中吐出的每一個字句，像是指揮一隻狗，像——，小時候，上生物課時，把一隻青蛙擺在實驗桌上，任我擺弄——，解剖，操著刀，對！我曾經殺過一隻青蛙，喔！我不忍，不想這麼做的！但現在我只是一種生物，躺在白色的手術檯上，他們叫我脫下內褲，雙腳弓起撐開，然後為我打針，接著我總感覺周邊發出機械的聲音，迷迷糊糊地就什麼都不知道了。

不知道我做了什樣，一個——生命，在我體內，我扼殺了他來到世上的權利，我，是那樣殘忍的人啊！不，不，不——！

不知道究竟我在扮演什麼角色？他的妻子、母親、妹妹、朋友、情人，不是不是不是，我是我自己，一個大學女生，啊！我究竟在哪裡？在書中嗎？是書中告訴我的，還是……，對，翻開書，哦！我只是在說一個故事，一個平凡而哀愁的故事，關於自己，關於別人，我是誰？一個學生，準備考試，但書中的字，盡重複著重複著重複著：我是兇手，兇手兇手兇手——，哦！不——，闔上書吧！

我把書重新翻開，吸了一口煙，煙灰缸上仍擺著三根煙，另外一根躺在缸內，煙屁股處被折了一下，但仍然不甘心地燃燒著，冒出絲絲屢屢的煙氣，彷彿要釋放出所有的煙絲，所有關於煙的成分，一切已成灰燼。

招了招手，服務小姐過來，將四個杯子裡的白開水加滿了，四個杯口皆印上紊亂的唇印，還有咖啡杯口亦然。杯裡的咖啡，有的剩一半，有的剩三分之一，還有根本沒有喝的，至於我，也許可以再叫一杯。但眼前，我尚未考慮喝咖啡的問題，只是一片煙霧中，我看到一張張模糊的臉，突然覺得一種悲淒，從胸口湧上，我看不到自己！想再抽出一張面紙，但已經沒有了，我只能跟自己說話嗎？

我是妳的朋友呀！然後，聽到杯子撞擊的聲音，一張張模糊的臉撕裂開來——。

「我真的沒有辦法，我只想去南部，讓我找一個地方，想一想，走一走，你們可以借我錢嗎？」

「妳並沒有把事情講完，就連重點是什麼都不清楚，直到現在，不知道妳在說什麼，很混亂，沒有組織，讓我無法進入。」

「我沒有叫你進入啊！你不是我，你真的能進到『我』裡面來嗎？請不要用你那一套觀念或理論，來約制我、分析我，更不要加諸任何定義在我身上。」

「請不要再說下去了，我可以想像，一個情竇初開的少女，一段海枯石爛的愛情，最後換得一場空，留下永遠的傷痛。」

「拜託！這個故事已經老套了，感情也是架空的。」

「夠了，你們不了解，為什麼不弄清楚呢？」

「聽我說……。」我拭去眼角的淚，看著凋萎的黃玫瑰花瓣，飄然落下，無聲無息，耳中盤旋著，盡是杯杯撞擊，而後重重落在桌上的聲音。

我反覆地聽，傾心地聽，那是他的聲音，傳遞著：「……，可愛的女孩，吉普賽的我，不值得妳為我停留傾心……。」接著，哦！不，我會用一生等待你的飄泊，雖然我不知道你在哪裡，但曉得你很忙，忙著學業，也忙著你的理想，知道嗎？我多麼想見你的父親，告訴他，他有個了不起的兒子！

在校園相遇時，我們只能像一般的學長學妹，互相打個招呼，因為沒有人知道，沒有人承認我們，但我們彼此清楚，在我們心中的這份感情，是最美好的，其他的，我不在乎。

那天，我在他房裡整理書桌，看到書本中夾著一封很特別的信，他大部分的信，都會集中放在信叉裡，心情好的時候，點一把火燒掉，我們就這樣靜靜地望著，紅色的火焰中，所有的語言盡成灰燼。

而這一封信，尤其是署名與日期，不由得使我頓生好奇，我知道這是不道德的，但我如果不看，整個故事也就說不下去了。

我知道寫信的女孩，他第×期第×號女友，哎！大學四年嘛！他曾經說過，這個女孩要出國，要求他給她一個承諾，但還在念書的他，能給什麼承諾呢？於是她走了，而他在黯然失意中，充滿一連串的問號：

「為什麼你們女孩總像一片雲，讓我抓不著、摸不透呢？」

也許如他所說，大學四年中，他始終主演著這樣的故事，無由的開始，無由的結束。

但是這封信寫著：「……，願你能完成你的理想，畢業後順利出國，我永遠……。」

這瞬間，所有的字句已肢解、崩潰，再也無法黏附於柔美的紙上，一點一點的，嘩啦啦地掉落下來。

落在咖啡杯裡的，是紅色的淚，我用小湯匙在杯裡攪動著，咬了咬唇，閉起眼，一口喝了下去，翻滾在胃腹間，一種驚濤拍岸的聲浪，淹沒我的視野，沖散所有的聲音。

兩個拳頭重擊著桌子：「這簡直就是個騙局！」

「騙局嗎？是本來就知道的吧！」

「不！他其實是很善良的，只是因為在這個環境裡，在這個社會中。」真是執迷不悟，要救她，將她拉出來：「其實他也用同樣的方法對別的女孩子，利用小女孩對愛情的幻想，以為哀愁是一種美，而把對感情的觀念，建立在漂浮的雲層上，然後不斷地玩著這種遊戲，真是不知道害了多少人。」

「這不是他的錯。」我無法否認，仍是愛他的。

「那麼是這個故事的錯，是我的錯囉？」我試著從頭看起，逐一檢視每一字句，並沒有發現什麼錯字，唯一的錯誤可能是不夠感人，不是你們所定義出來的，但我仍然堅持著，我相信自己，你們所謂的騙局難道不是我心中的真實嗎？真實是什麼？我清楚的知道，下面所發生的任何情況。

吸一口煙，將它緩緩吐出，一個一個完美的煙圈，圈著我所有的心情，用手撲抓過去，一次、兩次，但什麼都沒有，散了。我沮喪地低下頭，雙手遮住臉，再猛然抬起時，一股難以按奈的熱淚從胸口湧上，再無法緊閉的唇於是張開：

「妳早就知道他是騙妳的，妳也跟那些女孩接觸過，對不對？」

「是的，但那些女孩還是願意永遠地保護他、關心他。」

「為什麼呢？其實妳清楚。」當我說出這句話時，感到非常懷疑。

「不是這樣的，我不相信。」我狂吼著，以為這吼聲將可掩蓋一切。

真的是這樣嗎？當我接到他的電話時，所聽到的話語盡是那樣熟悉，是他曾對別的女孩說過的嗎？他說：

「妳太單純了，這世界並不如此，妳應當去學習知道一些事，自己要獨立，總之，我希望妳好，希望……。」

我累了，好累！一切空白——空白，手一鬆，話筒落下，落在電話機上，癱坐著，當天地旋轉，讓潛抑的波濤奔流，一片濕濛濛的，我在翻滾，我將汨沒……。是，是我不好，把一切都毀了，不該掛電話，不該告訴大家這些，我一定傷了他，只能這樣做？自己沒有了，在哪裡？怎麼辦？

我緊緊抓著他的手，想給他一點安慰，但我的手疊上他的手時，溫度竟開始上升、沸騰，啊——！

世上真有這樣的事、這樣的人嗎？

「如果你相信……。」

煙灰缸上，三根煙燃燒著，其中一根被拿了起來。

我不相信，不相信，不相信……，這是騙人的，這是多麼不公平啊！妳為什麼不醒醒，不醒醒呢？

哈哈哈……，這根煙捻熄後說：「你已經相信了。」

不是的，那是我的感情，憑什麼你們要對別人的感情下定論呢？我的情感世界，又豈是你們能分析的呢？我掐緊她的手，淚水灑滿衣襟，又落在手上，像無數的流星對陽光的抗議：

「憑什麼你們要處置我？」

「那麼妳想怎麼樣？」

讓我到一個遙遠的地方，沒有人的地方。

「不行。」這樣的結局太悲慘了，萬一……，這樣年齡的女孩最容易想不開，但如果事情真如此，也許那個男孩會悔悟。

對，自殺！我將眼睛閉起，先是一片黑濛濛，然後有一種光，或者一些色彩，圓的、不規則的，上下晃動著，再將手一揮，收起原來昏黃的光，一切又變得清晰起來。看到，一架電視機，電視機呀——！

螢光幕裡，一位披著長髮，穿著白衣長裙的女孩，面對大海，白裙與秀髮，迎著海風飄動，那散漫的足跡，印在沙灘上，一波波的浪來，浪去，沖散，又留下。什麼也不曾留下，讓一切沖散吧！來此世間一遭，不曾留下什麼。如這萬頃的波濤，平靜的海域，冰冷的海水，我所嚮往，我即將奔向你，大海，你正伸出手等待我的擁抱，而我會不顧一切，我唯一的知己，是你，當一切都消失時，只有你，等待著，我慢慢地走近，慢慢地，走向你心底……。

「不！不能。」我迅速拿起面前的玻璃杯，向前潑灑，一種冰冷的水氣，在臉龐漾開，桌上的書，也逐漸的浸濕，而她依然斜躺著，眉宇間透著一股倔強的憂鬱。

她甩了甩頭，細柔的髮絲在迷濛的空氣中漾開，雙手壓在桌上，以一種堅定而憤懣的語氣說：

「為什麼我要聽你的擺佈？你不能這樣待我。」

我做了什麼嗎？不過是按照自己的意思，表達某種想法罷了！我並沒有做什麼呀！妳，不是一直在我面前嗎？

面前的咖啡只剩最後一口。

是你們，是你們要我按照你們的想法去做，為了讓你們欣賞，你們娛樂，你們看得懂，對，「你們」，才是我的目的，我要傳達給你們呀！哈哈……，我在哪裡？

這是千古不變的道理嗎？

「你……，還是這麼想，決定要這麼做麼？」

「是的，讓我走！」

我狠狠摔落手中的筆。（抱歉，前面沒有告訴大家，事實上，我的手中一直拿著筆的。）

書中的畫面、字句，一一在我眸中分解、散去，一頁頁的紙張，全成了空氣中散落的微粒子，而後分散，如剛吐出的那口煙霧。我相信，真正地，清楚地，這是：

「到現在，你必須承認一個事實，這是一篇很爛的小說。」

不！

「這不符合遊戲的規則。」

「是嗎？不是不是不是。」

「夠了，現在，我要走了，我——要——走——。」

「妳，你們全完了。」

「關於感情嗎？」

「不！這不是我要的。」

「自欺欺人。」

哈哈……，嗚嗚……，哭聲與笑聲交集，請不要以為這很荒謬，你，我，荒謬——，無法制止，這片杯聲狼藉中，煙絮在空中交纏——。

讓我再說一遍。

「妳堅持嗎？」

「是的。」

「妳堅持嗎？」

「是的。」

「妳堅持嗎？」

「是的。」

我丟開桌前所有的東西，面前僅有的一杯咖啡，喝下最後一口，捻熄了煙，收起昏黃的光，眼前的是一片黑濛濛。

（太平洋日報）

在窗口的女人

關於這件事，早已忘記是在那一年發生的了，但它卻一直烙印在我的心底，即使我很努力地要從這個夢魘中走出來。

那一段日子裡，原本計畫是要到花蓮去渡假的，目的只是為了呼吸一點新鮮的空氣，但是出發之後，我卻並沒有到花蓮去，原因不可確知。然而無從浪費的時間，對生命的僅餘性來說是極其寶貴的，因此我獨自來到這裡，投宿在這個不知名的地方。若說它不知名，其實每逢假日，還真有一大群穿著名牌休閒服的人駕車來此，小住幾日賞玩山水，再留下一堆堆垃圾後揚長而去。

雖然如此，但它的名稱對我而言，實在已不復從記憶中挖出，只道在經過了一所佔地狹小，建築古樸的國民小學後，有一座架於溪上寬約五公尺的水泥橋，穿越過橋再前行約莫四十分鐘腳程的泥地山路，即可看到這一幢座落於山腰下的旅店，它是屬於四、五〇年代的兩層樓老式建築，在木造的牆柱上，俱可見到被白蟻蛀蝕朽落跡象，尤其冬風襲來，更憑添了盎然古意。

在我剛抵達山莊時，黃昏即將落幕，並沒有看見其他旅客，當然在我之後也未見有人繼續進來，這或許由於在我身旁一直沒有感受到他人的存在，就單單一個人在這個小世界中，所以我十分確定在這裡是僅僅只有自己獨自一個人的。

當我跨上門檻，雙目掃視過四周後，走到服務台旁，那正埋首於飯盒的老闆娘，這才抬起頭來，以一種冷異的眼光打量著我：

「一個人啊？住宿是不是？」

我確確實實是一個人的，雖然這是她冷漠而殘忍的無聊問話，但我仍低下頭說：「嗯！麻煩妳一下。」

她打了一個哈欠後，似是無奈地從抽屜裡拿出鑰匙，接著領我去看房間，由於天色已漸暗，颼冷的山風又一再刺痛面頰，所以實際上我並沒有看得很清楚，只知道一樓有幾間是榻榻米通舖，而大部分都是簡陋老舊的套房。在繞了一圈後，我終於選擇了二樓靠右的邊間住下，因為也許明晨走出房間站在陽台上時，可以瞻望旭日之東昇，沐浴在晨光中，遠眺雲天而懷抱青山，讓步入中年的我，感受到一點點朝氣。

房間一入門就可看到一面梳妝鏡台，鏡中雖可納照半身，鏡面卻已有些泛黃，時而看到的竟是一種扭曲的形象；而梳妝鏡台的右邊，有兩張皮面脫裂的沙發；在沙發的對面是懸吊於壁上的十四吋電視，電視可能由於天線受到干擾或者老舊之故，常顯出跳動不清的畫面；在沙發旁隔著深藍色的屏風簾後，就是一張雙人床，床上雖沒有明顯的塵灰屑物，但在黃色床罩的一角，有一個被撕裂的破洞，以及在白色床單上，也有一個被縫補過的白線痕跡；在雙人床的後面，是一間溫泉浴室，這使我躺在床上時，不斷地聞到濃厚的硫磺味；再張開眼睛，就是斑駁脫落著淡綠色油漆的牆壁。

一晚上，沒有任何的人聲，只有山中鳥鳴蟲唧的呼喚，與洗澡時撲簌起落的水聲。於是洗完澡後我只好打開電視，坐在沙發上一手夾著煙，一面觀看那模糊不清的畫面，這樣我竟在冰寒的山風不斷地從窗口襲進裡，不知不覺的睡著了。

當我睜開眼睛時，已是翌日清晨五點，披了外套走上陽台，看不到一絲絲陽光，天空是一片慘淡陰灰，一切景物俱被籠罩在凝重的山嵐中，再加上曉晨中的山寒之氣刺骨逼人，我已無力揮動霧層，只能呆兀獨立於蒼茫中一會兒後，再躡足瑟縮地走下梯階，來到服務台前，但見那拖著肥胖身子的老闆娘，正從房間裡走出來，撐著一臉慵懶的容態，相當不悅的望著我：

「這麼早，什麼事啊？」

「對不起，請問你們這兒有早餐嗎？」

「沒有沒有，要吃早餐等七、八點時到山腳下去才有。」

我重回房間佇立於陽台上，眼望茫茫天色已漸顯明，才看清楚原來這房間外的右處，是窪陷的山坡，坡邊有一棵枝葉茂密向下彎的大樹，彎下的枝頭幾乎已可觸到佈滿青苔的小池塘，池中有無數優游的大小魚兒。而在天色更為明亮時，我進入房間在透明的玻璃窗裡，即見到那蒼勁的老樹與形單影隻的我相互輝映，這讓我更癡癡的望著，望著那佈滿塵埃的窗，等待風一動，外頭的景面就起了變化。

這個時候，我不是凝神於那片玻璃窗，就是專注的面對著梳妝鏡，從泛黃而有裂紋的鏡面上，可看到斜對角的那扇玻璃窗，及窗外綠中帶枯的樹葉，在鏡中見那已盡枯黃的葉片緩緩隨風飄落。

是在這玻璃窗與梳妝鏡裡，因為風因為空氣因為自然，一切舞動的影像，頓時成了這靜謐的空間裡，唯一僅存生命的活動，於是我始終在玻璃窗與鏡子間遊走，看看到底我會不會走入窗裡，或是鏡子中。這樣迷恍的思索中，渾不知時間後移了多久，也許天空已整個放明，也許仍渾沌不清，我都已不在乎不知道了，而於模糊的鏡面中，逕自掉入時間的深淵裡。

忽然，冷風吹拂起葉搖影動，就在鏡子裡，鏡子裡我的左後方，出現了一個年輕女孩，再靠近鏡面仔細觀看，不！不是在鏡子裡，是在窗口，在樹下的窗外。不知道她是怎麼蹦出來的，也許是順著陽台邊壁的石階攀緣至窗口，但她的出現並沒有讓我感到訝異，反而湧上一股欣悅，因為我看到了一個人！即使在鏡中也愈看愈清楚，愈看愈熟悉了。同時她也在對我微笑，只是這微笑中彷彿有些探索的意味，這居然激起我許久未現的好奇心，當我回轉身來走向窗口時，我更確定我對她的熟稔了。

我對著窗外的她伸出一隻手，意思是要與她握手並請她進來坐，而她也同樣對我做了這個動作，但是我們卻隔著這道玻璃窗，絲毫不能有所碰觸，於是只好相互頷首致意。但也由於年齡與經驗的關係，使我對人有了多一層的提防，並未先開口，只堆起滿臉的笑意等待著，等待她迫不及待地先說：

「嗨！請問妳是誰？」

「敝姓蕭，蕭正儀，請多指教，妳呢？貴姓芳名？」我本欲遞上名片的，但發覺竟沒帶在身上，不過也好，相信這對我或對她而言都不算什麼的。

「哎呀！真的，我也姓蕭，我就是蕭正儀耶！」她似乎在驚訝中帶著許多興奮。

我卻不徐不緩地答著：「哦！那麼妳是在民國五十三年十一月十四日出生於台北市，妳的父親叫蕭崇寬，在榮總做了二十多年的醫生，妳從小就有皮膚過敏的毛病，一直到四十多歲都不會好，並且妳自小就……。」

「嗯！對的對的，妳怎麼知道？」她連續點了三次頭，慣性似地打斷了我的話。

「妳自小就愛好文學，但因為國中時數學不好，所以妳選擇了唸護理，希望藉此體驗人生，了解……。」我不理她的疑問，只顧繼續自己的言語，但卻又被她打斷了。

「真的，妳竟然全都知道！」

「妳希望多了解生老病死，探索生命的本質，尋求人性與人生的真意，以創作出好的作品，妳真正的目標與志趣是在文學。」

「沒錯，我要體驗生命，我最愛的是文學，我要……。」

「算了，妳根本不該去體驗什麼生命，生命是不需要體驗的，它是自然的發生，自然的來去，妳以為妳會得到些什麼嗎？算了，這根本只是一場虛幻。妳愛文學，只是因為妳一無所有，因為妳別無所長，因為……。」這居然激起了我壓藏許久的強辯性格。

「不——！不是的，妳是誰？妳到底是怎樣的一個人啊？」

「我只是蕭正儀，只是一個，妳——。」當我說到最後一個字時，湧起一股要過去擁抱她的慾望，而她居然也向前傾張開手臂做出欲擁的動作，但是我們彼此的臉，彼此的手，卻只能貼在冷冷的玻璃上。

在透明的冷窗旁，我們彼此相依，卻無法相觸，我們的心，完全處於冷熱交雜的激撞中，這樣的情況，竟讓無奈的我升起了無比的憤怒：

「為什麼？妳不該在這個時間出現的，現在是民國九十九年啊！」

「不！妳才是不該在這裡，在民國七十九年出現的。我來，因為我有太多的計畫要實行，太多的理想要完成，我還有好多好多的事要經歷哩！而妳，妳是來做什麼呢？」

「我不為什麼，也不要什麼，只想呼吸一點點清新的空氣，找尋一點點純真的夢想，我想我是該真正的休息了。」我這樣想著，有太多太多的話要告訴她，告訴她真相，告訴她一切事情的無意義性，不要像我，累了，不想再在不斷失落的浪潮中翻滾，我決心要拯救她，不管我的話她是否聽得進去。

「休息?!妳難道沒有一點點進取心嗎？妳難道對生命失去了一份熱愛嗎？我不相信，妳不可能放棄的，告訴我吧！妳現在正做些什麼事呢？妳一定還在寫作吧！寫些什麼呢？」她以一種挑釁的眼神望著我。

「我什麼都沒做，只想告訴妳，妳一生的努力可能只是個荒謬的笑話，妳所努力的不過是因為妳必須活著，而且活的讓自己感到舒服，其實妳根本不該……。」

「活著是嗎？不！文學必須是一種救贖。」

「妳錯了，文學是一個荒謬，一個虛空。」

「不是的，我有大好的前途，我要寫作，現在寫的一篇小說叫〈在窗口的女人〉，可能會刊登在一本家庭婦女類的雜誌上，是他們跟我約稿的哦！他們說不限我寫什麼，只要作者是女性，所以我要寫一篇關於一個女性作者的故事，妳要不要先看一看這篇小說呢？」

「哈哈哈……！這是幸抑或不幸呢？」我對著自己說，然後再突然地抬頭看她：「哼！我根本不用看，因為每一個字我都比妳清楚，妳不必寫了，妳只需要做一個讀者，跟每一個女人一樣，有一份感情，有一個家，一個愛妳的人，去編織跟每一個女人一樣的，一個綺麗的夢吧！因為妳不過也只是平凡中最平凡的女人罷了！」

「哦——！那麼妳呢？妳又是什麼？妳的感情在哪裡？妳的家呢？妳心愛的人呢？」她以一種咄咄逼人的語氣對我說。

我忿懣地反駁她：「那是我的事，不用妳管，哼！妳這個平庸無知的女人。」

「不！我不是平庸，是妳，是妳不了解我。」

「妳又何嘗了解我呢？即使是妳，我們之間的距離竟也是如此遙遠。」

「是妳需要我，並不是我需要妳啊！」

「唉！妳來，又有什麼差別呢？我不要再見到妳，妳走吧！走——！」我別過頭，快捷且用力地拉上了窗簾，在暗紅色的窗簾下，看不到透明的玻璃窗，看不到那個年輕而有衝勁的蕭正儀，只有獨對那一張斑裂鏽黃的梳妝鏡，讓它伴我日漸蒼白老去的容顏。

這樣一整天，除了偶而步上陽台，看看群山環抱中的蒼翠老木，看看滿山滿野的落葉飄飛；在黃昏的時候，步出山莊，看看了無人跡的小橋，看看溪上潺潺的流水。而這大部分的時間，都是我一個人，一個人在這間套房裡，躺在這張雙人床上，癡癡地仰望天花板，等待時間在歲月中無情的流逝，等待每一絲絲的光線從窗中抽離遠去。

始終面對著那扇被窗簾覆掩著的玻璃窗，始終不敢去揭開一點點。

等到黑夜偷襲逼入，百鳥萬物淺淺低唱，或哀鳴，或歡悅，卻總湊不出一個人聲，只有那颯颯山風揮動著葉片，將寒氣從門縫中伸入，深入到我心底，讓我在一個顫抖後，揹起滿腹強烈的企盼，盼那窗外的蕭正儀重新回來，回到我的身邊，於是我立刻跳下床，一個箭步似地去扯開窗簾，但是，窗口沒有任何光線的折射，沒有任何影兒，只有一片壓壓的黑幕。

一整夜，我失眠了。

其實在睜眼與閉眼之間，並沒有什麼差別。這樣直到晨雞初啼，將東昇之旭日，所帶來的微渺光芒，灰亮灰亮地映照入窗，讓我連衣服都忘了披，就逕自走入曉寒的霧中，但才踏入階梯沒幾步，萬千種捨不得驀地湧上心頭，我要探尋，尋求那鏡中窗裡的答案，於是再度回到房裡，直立於鏡前，一手的手掌壓貼著梳妝鏡桌面，一手扶起面頰，但見在一夜裡，臉龐的紋路竟又多加了一條，而且毫無色彩的面容，顯出那般的蒼黃。這令我的手已不自覺地由臉頰輕移到唇，覆著張大的口與削薄的下巴。感到彷彿溪中的水，全都一古腦兒湧進我體內，欲奔騰欲衝裂；而那濕冷的小水滴卻早已流動在我體內神經，體外的每一寸膚容。

儘管如此，我仍僵立於鏡前，完全感受著在鏡裡窗前所有光線的折射，感受著自己在鏡裡被扭曲的人形，變幻的影兒。一遍遍呼喚著那站在窗口的女人，等待蕭正儀再次地出現，終於當光線又多深入了一寸時，在恍恍然中的我，已逐漸從鏡子裡看到，那個叫蕭正儀的女孩又從空茫的霧中緩緩走進窗口，她在陽光下的面容，紅潤而有生氣，一雙黑眸顯深而銳，卻又似乎在深望著什麼，是望著我？抑或鏡中？但我想是望著鏡中的，因為她那張臉顯得自信十足，而我，我望著鏡中的她。

面視鏡子的我，對著她說：「妳還是來了，終於，我等了好久。」

「我來，是為了我，為了我的小說，並不是為了妳呀！」

「沒關係，妳原不是為我而生的，但妳能與我相依相伴嗎？」

「不能，我有我的生活，不能跟妳在一起。」

我回過身走上窗前：「那妳能讓我抱一抱嗎？」

「好吧！」她貼近了玻璃窗。

但再一次地，我又觸摸到那冰冷的玻璃窗，雙手趴在冰涼的窗上，頹喪地垂下了頭。

「唉！算了，連妳，也對我這樣冷漠。」

「不是我願意的，其實我是充滿了熱情。」

「熱情?!熱情能夠做什麼呢？最終妳還是一樣，要一個人站在窗外，忍受冷風的吹襲。」

「但是熱情能夠推動我做很多事，每一個人在做每件事的背後，都需要充沛的熱情，與一顆真誠的心，救贖的胸懷。」

「哈哈哈……，妳以為每一個人都跟妳一樣是傻瓜嗎？哼！熱情、真誠，都不過是讓妳現在活得比較好一點，讓妳活得有一點希望。」

「或許妳可以聽聽我的計畫。」

「我不要聽，妳能有什麼計劃呢？寫小說嗎？妳以為妳寫的每一篇作品，真有人了解？真有人與妳產生共鳴嗎？沒有，當妳啃蝕完妳的心、妳的腦之後，妳仍是孑然一身，一無所有。」

「不管如何，我仍然要盡一份在文學上的責任。」

「是嗎？妳以為妳能嗎？哦！我倒忘了，妳那篇『在窗口的女人』寫到哪裡了？」

「快要寫完了，所以我來找妳。」

「找我有什麼用呢？我既不能幫妳刊登，又不能替妳評論一番，妳的一切，莫不是操縱在天之機遇，與人的緣由上，我，是幫助不了妳什麼的。」

「我不是來求妳幫助的，而是要來救妳，我要拯救妳。」

「不！我不需要，我太清楚妳的一切了，妳所做的並不是我所要的，我們的相遇，對妳對我，竟然都沒有產生任何意義。」

「或許對讀者而言可能有意義。」

「那將是個永遠懸宕的大問號。」

「妳難道不能放棄妳的想法嗎？」

「我不能放棄，一如妳也不能放棄。」

「但我還是要拯救妳，妳能告訴我，妳現在正在想些什麼嗎？」

「我在想窗口的女人，妳可以走了，我們之間沒有任何的交點。」

「妳不後悔，我走了，這裡就只有妳一個人。」

「不後悔，因為從最初到終了，妳、我，不過都只是一個人。」

「妳真的不後悔?!」

「不——！妳走妳走妳走。」我斜低下頭，伸出食指，狠狠地往窗外一指，就是一陣強風，吹飄起窗簾，再猛然一抬頭時，卻真的看不到在窗外的那個女人了，我內心翻攪起悔恨，翻攪起無限的悵惘，便拼命地奔衝而出，嘶喊著：「不！妳不要走，妳給我回來，回來——！」

我飛奔的腳步與疾速的冷風相撞，一直跑一直跑，恁是讓山風像刀子般地刮入皮肉，只求尋到一個影兒，但卻始終只有婆娑的樹影，一直跑一直跑，終於在一口無法喘上的氣息中，我停下了腳步，輕輕地回頭，想看看立於山嵐中的那座山莊，但是整座山莊卻已完全沉入霧中，看不到一絲影兒，只有疊嶂的山巒，與層層的白雲，這座深山讓我已然迷失在其中。

（「家庭與婦女」雜誌：女性文學專題）

關係說法

一個不確定的某日，炙陽燒紅了大地，像一座爆發的活火山，滾燙的岩漿火烈地燃灼著人們的足底，肌膚，心坎，腦門……！此時此刻，無法喘息，一口氣在體內綳緊鬱結，壓縮，壓縮——；片斷而碎裂的，是擁擠的時間在一條擁擠的街道上，不能停止的步伐，是上了發條的神經，在血的馬達下火速轉動，或許，該去喝杯下午茶。一杯冰涼的菊花茶或柳橙汁，於是，就在此處，在這間後現代式設計的咖啡廳內，灰黑暗沉堅硬冰冷，冰冷的氣流衝擊著每一口呼吸，每一寸肌膚摩擦著冷硬的桌椅，冰——，在一面深色的，看得到外卻看不出內的落地窗前，有一張黑色鐵製的長方形桌子，桌上擺著的是加糖及奶精的四杯咖啡，但圍坐在桌旁的只有三個人。

「昨天我終於離開他了，沒有掉一滴眼淚。」長髮女人首先開口說：

「那個妓女的身影，一直纏在我心裡，雖然她並不算漂亮。」打領帶的男人說。

「我們不是同性戀啊！我們只是害怕，害怕寒冷。」短髮女人放下手中的湯匙說。

這兩女一男之間，究竟是什麼關係？眾說紛紜，有人說，他們在大學時，是不同系的同學，由於熱衷辦活動的關係，進而相識相交成為好友，之後只要有其中一人發生任何問題時，另外兩個人就神奇似的同時出現，一個全心扮演安慰者的角色，另一個則以解決者的姿態全力協助；而另一則存在他們之間的關係說法，據聞是那男的在苦苦追求長髮女人，但那短髮女人卻又死命暗戀那男的，當一切情感正紛亂盤雜交錯不清愈爆愈裂時，更有一些親近他們的同學，在側面敲測下傳說著，他們乾脆就根本拋開一切，早已同居在一起，過著三人世界裡無上享樂的靈肉生活；但，果真如此嗎？不——！一場激辯就在他們三人乍熱還冷的關係之外熾烈展開，那些衛道的同學是再也不能緘默，大聲疾呼出：「不是的——！」稱說在他們三人間，其實始終保持著一種純潔美好相知相惜的至友關係，因為，他們之中沒有一個人，會肯去掌握那不可掌握的未來，願意去點燃那無可遏制的蔓流，任其灼痛自己燒毀自己，沖沒自己的烈火熾愛。

「一個曾是我如此深愛的男人，但如今，他卻在我的臉上，留下熱辣辣的掌印。」長髮女人的長髮沒有一絲飄拂。

「那天晚上，大夥兒喝完酒後，說要去玩，我就自告奮勇的帶他們去，很英雄式的，卻沒想到……！」男人正襟危坐地說。

「我以為，這世界有一點溫暖的，有一份真誠與摯情，但是，我……，好冷好冷——！」短髮女人將手撫在咖啡杯的緣口上。

即使如此，那些存在別人口中莫測紛紜的關係說法，在他們之間，始終未掀起什麼巨浪狂濤，也許偶而會濺起幾許漣漪，只因風的無聊，只是從未歇息的潮起潮落日升月沉，將大地籠罩在無止無盡的轉動裡，無聲無息，是暴虐的陽光與凍寂的黑夜，是規律的鐘擺下不規則的生活，將他們急速躍進奔忙不止而錯肩擦過的腳步逐漸拉遠，人潮中，沒有誰肯回頭。即使彼此的工作地點都只相距五百公尺之內，但是，時光已然消磨在複雜而緊張的競逐中；情，已在烈日下熔解，在繁瑣的事務上消蝕成無影無形，以至於，相知為何物？如同他們最初一兩星期熱烈地聚會一次，到一個月、兩個月、三個月、六個月，一年都難得碰一次頭了，沒有什麼激盪，沒有什麼言語，沒有什麼期待；而今天這一次，是否有一個他們共同的盼望呢？聚會的內容與意義又何在？是不是其中的一個人發生了問題？或是三個人都遇到了麻煩？可能是，也可能都不是，另外，今天的聚會又是三人中誰先發起的呢？或者跟他們三人都無關，而是那第四杯咖啡的主人所設計的？沒有人確切知道，但這或許可證明他們依然是心有靈犀的知己罷！因為在那三張邀約的卡片上，寫著三種不同字跡卻完全相同的兩句話：「為共同的問題尋求不同的答案，為不同的事件尋求一致的看法。」

現在，他們為了表示在自己心中，仍然堅信著彼此間濃得化不開的情誼，於是在一致的動作下，同時端起自己面前的咖啡，輕輕啜飲一口，然後再把同樣疑惑的眼光，一起投向到第四杯咖啡上，想著關於咖啡與空椅子的心事，究竟這第四杯咖啡是屬於誰的呢？而這空盪盪的椅子又代表了什麼意義？這個詭祕的意象是誰造成的？他們不知道，或許，是盤結各自心中的三個秘密吧！但當他們確認這問題根本不可能有一個明析而共同的答案，而這第四杯咖啡亦將只會默默的立在桌上，杯裡掀不起一絲波紋，不會有任何遊盪與動靜時，他們再同時把陷入在靜止的咖啡杯裡，那一雙雙疑惑的眼珠子收回，低下頭來，將深黑的瞳孔斂聚投注於被自己攪拌成漩渦的黑深的咖啡內，此時，在靜默之間，他們始終只單單望著自己面前的那杯咖啡，而後開始以一種固定的演變順序，於是在無法遏止，無可名狀的自然情態中，讓奔洩的心潮，奔洩在碎裂的言談夢般的囈語中，狂湧——，狂湧的心情衝流著，湧流向時間的河裡，訴說著，對自己，也對著一個，看得到的，人。

「男人？男人與女人之間，難道真是一場永遠無法平弭的戰爭嗎？還是，還是千古纏繞千古都解不開的謎，迷情！讓你必須在不斷地迷醉不斷地撲奔不斷地沉溺中，不斷地匐伏掙扎，不斷地陷入又逃離、陷入、逃離──！」她將長髮狠狠一甩。

「純粹只是慾望，只是一種發洩，真的，我以為除此什麼都不會有的；而跟我同去的朋友，他們大部分還都結過婚的，這使我覺得，自己比別人更該找個，新鮮刺激的女人，盡情地玩。」

「我，已經什麼都不想了，只是，好冷好冷，只想有一個朋友，不！一個家，一個親人，一個可以陪在我身邊的人啊！」

「哈哈哈……，家！婚姻?!曾經，我們是擁有一個家的，共築了一個兩人世界裡的愛巢，而我們的婚姻，也是經過了一段艱苦的奮鬥，轟轟烈烈的愛戀，才結合在一起的啊！」

「帶他們到了那種地方後，每個人都搶先要挑上一個漂亮女人，再迅速地擁著女人離開，最後，只留下了我一個人。」

「我們是兩個流浪的人，沒有一個可供停泊的港口，沒有一方溫熱的角落；為了取暖，我們相依在一起。」

「原以為找到了一個依靠，擁有了一個溫馨的家，但這一切，如今，我不知道，究竟是他變了？還是我變了？」

「因為，雖是酒意醺然中，我仍清楚的知道，實在沒有一個女人，擁有惹火的身材與臉蛋，激起我強烈的興趣。」

「我們倆的身材相當，常互相換穿著衣服，而她喜歡文學我也是，她是基督徒我也是，同是主內姊妹的我們，很自然地，租了一間小房子，在一起相依為命。」

「我們終於能真正的相依在一起了。當老爸知道我們的事而極力反對，在一番激烈的爭執後，我終於不顧一切的離家而奔向他，當天下午我們就去公證結婚了。即使他是離過婚的男人，我的愛仍是如此堅持。」

「其實我並不堅持，一定得頂漂亮女人才跟她怎樣，但，很無奈地，看到的全是那一個個女人被我拒絕後離去的背影，直到那最後一個女人，突然，她的背影讓我眼睛為之一亮，感到那樣脫俗，感到她根本不該是出現在這裡的女人，於是，頓然間被好奇心充滿的我，決定留下她。」

「每當回到住處，不再只是一個人，一個人面對孤獨的自我，沒有任何聲音，彷彿世界已然離棄了你，但如今我們在一起，雖然那只是個窩，卻早已成為我們心中的家，回到家時，有人陪你聊天，跟你一起吃飯、看電視，那樣溫暖，那是我們共同渴盼了好久好久，終於，擁有了一個家，一個親人啊！」

「我不在乎他成長的家庭是多麼複雜，更不在乎他過去那段失敗的婚姻，我只知道，他幾乎已成為我生命的泉源，他的臂彎是我安寧甜美的港口，是我一生的幸福所繫，而他的翩翩風度，更成為所有女人夢寐以求的男人，但當我們墜入愛河，瘋狂的結合，自喜於我是女人中的勝利者，興奮地以為擁有了他時，忘了過去忘了現在，完全沉醉在香醇的濃情蜜意中。」

「令人渾然欲醉，香酥熾烈的時光逐漸逼近，進入賓館後，她首先打開沉默對我說：『其實你是個很軟弱的人。』我訝異著，這句話竟出自一個妓女的口中。」

「其實我們都很軟弱，一種莫名的恐懼常不時吞噬我們。她說，她害怕黃昏，害怕黃昏時一個人走回陰沉黑暗的居所，一個人打開家裡的燈；我說，我害怕黑夜，害怕無人靜極的夜，更害怕一個人在人潮喧鬧的夜裡，在寒風襲刺中踽踽獨行。於是我們相約，絕不讓彼此恐懼。」

「我以為不再恐懼，不再恐懼於生活的壓力，恐懼於生活在冷漠而嚴酷的家中，在父親的暴躁打罵與母親的哀怨裡；因為，我擁有了他，他是愛，是我美麗的夢的羽衣，而每一分每一秒，我的心思都在他身上；他上班前我在門口吻別相送，然後乖乖呆在家裡整理打掃，傍晚時做好他愛吃的菜，等他回來時把剛沏好的一壺茶倒一杯給他潤喉，靜靜坐下來，先聽他說說一天的高興與不高興。」

「那一夜是興奮的、激動的?!或僅是一場奇特而莫名的相遇？在我還沒來得及確定自己感覺之前，她就說她會看相，要我把左手伸出來給她看，她說我的事業線看來要到三十五歲後才會發達，身體狀況在六十歲以前都很好，感情線彎複雜的，與人的關係很淡薄，最後她說我，說我害怕孤獨，說我性慾很強，我全都點了點頭。」

「的確，我們害怕孤獨，但是，我們卻發現，自己竟是那麼渴烈嚮往著婚姻，恁是工作上多精明強悍，然內心底處，仍只盼做一個平凡的小女人，累了，倚在男人厚實的臂膀上，遮蔽風雨，宣洩心情；可是，我們這樣朝夕相處著，不！該說是完全相互依存而難分難離了！我們能如何了？只能，期待又害怕，害怕又期待……！」

「婚姻生活是如此實際，就算是脣齒相依吧！卻也在咬囓不合時產生摩擦與傷害，愈來愈近乎血淋淋，譬如，你們知道嗎？即使他在外面是多麼儀表堂堂，但回到家裡，總把脫下的臭襪子隨便亂扔，上完廁所絕對會忘了沖水，常常又會把煙灰彈得一桌一地，加上他兩三天才肯洗一次澡，而我是極端潔癖的人啊！無論我對他說過多少遍，他只是打哈哈地應付著我。」

「我不知道是否所有客人她都這樣應付的？讓她的纖指滑動在我的手掌間，指指點點地說著我的命，彷彿我的命運是掌握在她手中的，哈哈！一個妓女對我的定命。」

「命運之神是怎樣揑造我們的啊？為什麼讓我們相遇，又相依？為什麼童年不幸的陰影總是籠罩著我們？破碎家庭的烙痕如此揮之不去?!我們在沒有愛的世界裡凍結著，因此，我們要互相取暖，那怕僅僅只是暫時的。」

「……她每一個細緻的動作，真不像是做那種事情的人！」

「每一次他都說，是為了要讓我有好日子過，因此他要忙著賺錢，常常要出差到中南部到國外，因此我必須體諒他，體諒他必須應酬，必須醉到半夜三更才回家，必須把我丟在空寂的家裡待著，等待酒後不省人事的他。」

「有一次，她因為工作上的挫折，獨自在家裡喝醉了，待我回去後，見她把東西摔得一片狼籍，一會兒唱歌一會兒哭笑，我把她硬拖進浴室洗臉時，她突然抱著我痛哭，哭喊著：『人為什麼這麼難相處！』之後，我安慰著她，幫她洗了個乾淨的澡，拍著她睡覺。」

「……於是我們僅僅相擁，沒有言語。」

「多少次，我們像兩個放學回家的小學生，手牽著手哼著歌，吃同一根玉米棒，彷彿那失落的純真童年已然拾回，這是從小在孤兒院長大的她，及從小被父母離棄的我，都不曾擁有過的幸福呀！但是她卻說她害怕，害怕這種幸福的感覺。」

「幸福，幸福終抵不過一再地爭吵與忍耐啊！他不像婚前，不再那麼小心翼翼，那麼體貼溫柔，我愈來愈發現，他的粗暴與膚淺，尤其令我最無法忍受的是，他常常在幾天不洗澡的；滿身汗臭味中，強迫要跟我做愛，天啊！他還說這樣才有味道，難道，這只是件滿足動物原始本能的事嗎?!」

「我跟一個妓女，享受這種沒有距離的感覺。」

「是的，我們之間幾乎沒有任何距離，無論一切外在或內在，大事或小事，我們總彼此相連彼此交融著，彷彿在我們的世界裡，全然回到了創世之前那人類未犯罪的時代中；因為我們都太厭惡，厭惡現代人接觸愈是頻繁，愈是處處充滿了危機，處處必須設防，必須替自己築一道高牆，將自我包裹密封武裝起來；真的，不知道究竟要到哪裡？才能尋回一份童稚的心，真誠純摯的情。」

「到底生活的本質是什麼呢？我是個很重視精神生活的人，而他卻愈來愈物化了！這逼使我必須想出一個辦法，讓自己可以在他所豢養的籠中，活出另一種生活，於是我開始去交各式各樣的朋友，不斷地讀書、聽演講，學畫畫、上電腦課，更為了重建一份自信，我出去找工作。」

「雖然這是她的工作，但從先前到在床上後的每一動作，使我確定她不是一個老練的妓女，且更願意相信，她只是偶而兼差的，或許還是個大學生哩！」

「她沒有唸過大學，卻一直很上進，因為自卑，因為不願被人瞧不起，因為她過怕了，過怕了那種被人欺負，被房東趕來趕去的日子，因此她要努力去追尋，建造一個屬於自己的家，即使我們彼此已成為對方最親的親人，但她還說，有一天我會嫁個好丈夫，而她也會的，因為命運不會一直折磨我們，她祈禱著我的未來更美好，但是我不知道，我們在共築的小窩裡，若是有一天，當她不在或我不在時，這個『家』將會變得如何？」

「他回家時看不到我，憤忿地說，我既幫助不了他的事業，還如此不安於室，甚至他竟然還說娶到我真是不幸！」

「她說，我是個可憐的男人，而她是個比我更可憐的女人。」

「那晚，同睡在一雙人床上的我們，居然同時都做了一個惡夢，她夢到自己一個人走在黑暗的森林中，到處找不到我，突然森林失火了，她拼命奔逃著；而我的夢卻是在擁擠的街道上，一群群奔忙的人們，全都帶著同樣的面具，我在其中找尋著離家多年的母親，但看到的卻是一張張僵冷而陌生的臉孔，忽然，我看到一個熟悉的她，卻在瞬刻間被一群戴面具的人架走而消失，即使我緊追過去，也看不到什麼！當我們同時驚醒後抱在一起，她哭說：『沒有家沒有親人，好可怕！我們永遠都不要分離啊！』」

「當我了解愈多，接觸愈多時，對他的不滿也愈多，於是開始跟他辯論一些問題，但他卻感到十分不耐煩，終於把受不了我的話說出口，說他不了解我，不知道我的腦子裡在想些什麼？為什麼一天到晚不是跑出去，就是對著牆壁發呆？他說一個女人是不需要這麼麻煩的，甚且更說無論我如何上進也成不了大事，賺不了錢的，只管待在家裡照顧他就好了，天啊！我們相愛相許，經過多少困難才結合，如今他卻是這樣不了解我！更糟的是，我居然也懷疑他是我丈夫嗎？真的是我一直在尋找與託付的男人嗎？」

「也許我一直在尋找著，尋找一個能與我儘情享樂的女人，是她，強烈引爆起我每一條神經，讓我在血脈賁張中，澎湃亢奮到極點——！」

「每當我們在暢笑言歡，瘋狂地追逐夕陽的時候，她總會提起那名出國留學的男子，他們在一起時談的所有笑話；我知道她渴求一份真愛，一份生死相許的情，在一個男人的呵護下過著只羨鴛鴦不羨仙的生活，而我又何嘗不是呢？只是我們的相憐相惜，該如何珍惜呢？也許明日即將分離，但這份暫時的取暖，難道是一個錯嗎？」

「他的脾氣愈來愈暴躁，回到家裡就亂摔東西，他說我不了解他，說他在工作上有一肚子的委屈，說我是個沒用的女人，不能給他一絲幫助，於是他把我當成家裡的物品一樣，怨氣全發洩在我身上，既兇且狠地朝我怒吼著，而我真的不明白，不了解他有多少苦，只知道，他打了我——！」

這時，桌椅掀起了一陣掀動，四杯咖啡杯晃搖欲倒，只因被他們三人同時發出的淒厲笑聲震逼到幾近碎裂的無可退邊緣，長長的吼笑，彷彿經過聲嘶力竭之後，嘎然而止，聽不到彼此間喘息的呼聲，連空氣都靜止而死寂了。當他們看到自己前面咖啡杯已空時，一同撥轉了眼珠子，齊投向那在他們笑聲的摧動撼搖中，溢濺於外卻始終無人動過的第四杯咖啡上，首先，是長髮女人對著靜止的第四杯咖啡說：

「你是誰？我從來不曾認識過。」

「是一個莫名其妙的闖入者吧！」短髮女人凝睇著第四杯咖啡說。

「是一個宰制者，一個創造者，一個評論者，或是一個冷眼旁觀一切的內在隱藏者。」男人說完後嘆了口氣！

當他們下意識的又端起面前的咖啡杯，唇輕觸著杯口，卻嗅不到一絲咖啡味，杯裡沒有任何曾經存有咖啡的痕跡，吸到的只是一口冷寂而混濁空氣，他們失望地將手中的咖啡杯重重放下，使杯與桌發出撞擊聲，卻也將服務生引來，收走了那三只空杯，於是，他們只好再渴望著那僅存的，第四杯注滿咖啡的杯，然而只是癡癡望著，沒有一個肯去動它，直到長髮女人開口說：「這……，為什麼會存在呢？」

「為了生活中的期盼與等待。」短髮女人雙手垂下往後一仰。

「這當然是為了需要時可立刻飲用。」男人輕鬆的一笑，挪了挪領帶後，伸出手正要端起第四杯咖啡喝下時，服務生又走了過來，毫無表示地，將第四杯咖啡也端走了。男人只好晃了晃空著的手掌：「哈哈……！什麼都沒有了！」

「一個錯誤，只因為服務生的一個錯誤！」長髮女人搖了搖頭說。

「只是錯誤嗎？錯誤的相聚，錯誤的關係，錯誤的說法。」短髮女人說。

「不重要，對與錯只在短暫的剎那間，消失。」男人篤定的說。

長髮女人拿出那張今日聚會的邀請卡說：「為什麼要來？哈哈……！」然後將邀請卡撕碎。

「朋友，只是在某個時刻裡，能聽你說說話罷了！」短髮女人也拿出邀請卡，用力揉成一團，丟在煙灰缸裡。

「像這樣的一席談，哈哈哈……！」男人拿出邀請卡，撕成兩半。

「該走了，一切都結束了。」

「是的，故事已經講完。」

「那麼分手吧！」

他們同時起身，誰也沒有對誰多望一眼，各自從口袋中掏出自己該付的帳，先後走出咖啡廳大門，獨自走往三個不同方向，然後汨沒在擁擠的人潮中。

（幼獅文藝）

隱形人

中午十二點，吳德凡才勉強的睜開惺忪的雙眼，正想爬起來時，叫了幾聲淑敏，然而整個屋子空蕩蕩的，連自己的回音都聽不到，他有點怨氣：「這老太婆一大早跑到哪裡去?!」伸出手摸向床頭，摸了半天也沒找到鬧鐘，管他現在幾點？就連今天是星期幾也搞不清了，反正不是禮拜天，正剛和小莉都不在，但那又有什麼差別呢？只覺得現在肚子咕咕地叫，便推開棉被先往浴室走去。

正拿著面皂往臉上抹時，聽到淑敏推門回來的聲音，鬍子也不用刮了，拿起毛巾隨便往臉上一擦，下巴還殘留著些許白色泡沫，就迫不及待的張開嘴對淑敏說：

「一大早妳跑到哪裡去了？現在幾點啦？」

「去郵局領錢啊！誰像你這麼好命，都十二點啦！」淑敏尚未進臥房的門便嚷著回他。

「難怪肚子餓了，飯做好了沒有啊？」

「是哦！你真舒服，睡到中午起來就可以吃飯，早上診所門也不開，哪有像你這樣的醫師，賺不到錢每個月還得到郵局領錢。還做什麼飯！就我們兩個人，隨便炒個麵吃吃就好了！」說著就走進廚房。

說是肚子餓了，但著實吃不了幾口麵，倒已經灌進了兩瓶啤酒，液體麵包嘛！都一樣的，而且可使他仍恍如置身睡夢中般。待酒盡瓶空後，點起一根煙，開始翻報紙，翻到電影廣告欄，想著：待會兒去看場電影吧！這是件既自由又愜意的事，電影院裡黑濛濛的，沒有人會注意到自己，只須看銀幕中的人去爭個你死我活的，倘若劇情不好，往後一靠便又是另一個夢。

從電影院到回家的這條路，分明是熟悉的路線，今天卻顯得如此陌生，且愈走愈帶著些寒意，也許是夕陽西沉得早了些，就如今年的冬天也來得特別早。街道旁的老樹又被吹掉了幾棵，一幢幢大廈逐漸地完工，六年前剛搬來這幢公寓時，旁邊都還只是些二層樓的房子，不過六年的工夫，一幢幢高樓大廈已把他壓得喘不過氣來，一眼望去，幾乎找不到自個兒家的影子，就如現在，他侷縮地走在這條路上，天漸漸地昏黃而變暗了，看不到自己的影子。不！絕不甘心的，就算一幢幢高樓大廈橫亙於眼前，也挺直了身子，一百八十公分的身高，只要仰起首，便能做無止境的伸展，於是一切事物都能囊括於眼中，偶而目光會凝聚於某一件事物上，直到穿透每一寸肌理神經，在血肉模糊中來回巡走。尤其滿天的彩霞在頭頂上飛舞時，他就用生命中所有的氣力集聚於瞳孔上，肌骨也因氣力的移動而消散，已無視於自己的存在了，逕顧形成一道白光，向黃昏做最後的抗禮。

不消多久的工夫，一晃眼他已坐在家中的客廳，但那只是自己的身形，他的精魂仍在空氣中遊蕩，跟屋外漸褪的夕陽做最後的談判，他相信自己是不會輸的，心臟隨即抽動了一下，那是屬於內心最自然的微笑，雖然沒有人會了解，甚至於最親密的妻子，但他已不在乎了。而這樣的情形並不原先就有的，那是由醫院退休後一年，他開始學習這樣的運動，嘗試為自己製造一些秘密。

他點起一根煙，吐一口氣就是一堆煙霧在眼前圍繞，在那片白茫茫中，過去的自己一幕幕重現，身影變得如此細小而模糊，遙遠而不可捉摸，即刻就煙消雲散了，他只有一口一口不斷地吐出重重煙絮，一次一次地捕捉，待灼熱的煙頭碰觸指尖時，他走向陽台，把煙蒂往空中一甩，算是送給夕陽最後的禮物，期盼夕陽能有一句回答或一絲聲音，但聽到的只是淑敏從廚房傳來的聲音。

「德凡，進來吃飯囉！」不知道從什麼時候起，淑敏開始稱呼他名字，偶而也連名帶姓的叫，不過他向來只聽到三個字——「吳醫師」。當年，淑敏是他科裡的護士，總會把該用的機械準備妥當，等他來診查病人，現在淑敏年紀大了，不知是否還如此仔細，不過，人命關天，該用的東西一定要消毒好，等等吧！暫不做回答，淑敏又叫了一遍：「吳德凡，進來囉！」名字是個刺耳的東西，沒聽到，身為醫師還是自己仔細點好，便向灰藍的天空招了招手後轉身：「東西都準備好了嗎？我就來。」

他站在桌旁，伸出右手，掌心朝上，一個欲接過手術刀的姿勢，但淑敏沒睬理，只顧自己挾著肉說：「站著幹嘛！還要我把筷子送到你面前嗎？」德凡挾起筷子在一盤竹筍炒肉間翻動，馬上就找出病因了，只是一向動作俐落的他，竟變得有些遲鈍，有些索然無味，況且已沒有助手了，不禁無奈地將雙手攤在桌緣，嘆了口氣說：「現在的護士真是愈來愈大牌了。」知道淑敏沒聽進去，只嘮叨唸著：「我告訴你，小莉明年高中畢業，你可不要叫她去學護理，她禮拜六從學校回來，你也少唸什麼服務人羣，體驗生命的高調，我們家不比從前，現在什麼地位關係都沒有，小莉唸私立高中還住校，開銷已經很拮据了，正剛唸了大學連家也不回，回來只會要錢，真是！他們還當他爸爸是大醫院的大醫師，唉！當初你要不退休，現在一個月少說也有十來萬，弄到現在……。」

這樣的話已經聽過太多遍，知道下一句要說什麼，趕緊扒了幾口飯，起身離桌時，淑敏叫住他：「急什麼！早點下去又不會有病人，每天呆坐在下面，我要出去找工作你又不肯，一個月賺不到兩萬塊，還不如把診所關了把店面租出去。」

「我餓著妳了嗎？」憤而推門出去時，一陣電話鈴響，他接起電話後呆兀了片刻，整張臉已不在客廳，變成一座雕像，雕像上的眼珠子骨碌碌地轉，像空氣中的微粒子不停地擴充，遊轉，瞬間可以飛過千山萬水，瞬間雕像即可粉碎，而化作另一個自己，衝出這個空間。

從那次飯後，那個電話，他變得更沉默，時常對著窗外遙望，一天要站在體重機上好幾回，指標漸漸往前挪動，本來淑敏只當他孤芳自賞，嫌別人都不懂，而懶得說話，注意到此情形後，開始做一些他愛吃的菜，吃不了幾口，總嫌菜太好了，台灣的人生活太優裕了，偶爾莫名地飛出一句：「清苦能使人長壽。」

接連失眠了好幾天，德凡經常半夜爬起來，在滿室闃暗中，打開衣櫥門，面對鏡子，努力找出自己清晰的輪廓，那高挺的鼻子，在一次睡眠中，不知被什麼蟲咬了一口，結果傷口發炎後留下一道疤痕；黑亮的雙眼，可以清楚地看見每一細微事物，那神經、細胞，都在眼中鮮活跳躍，而現在整張臉緊貼著鏡子，卻只有一團黑影，他失望的走回床邊；淑敏渾圓的軀體仰躺著，像被麻醉過後的那種香沉，已經很久沒有上手術枱，打從準備退休後開始，就不想再為多賺幾個錢而使自己過於勞累，耳鼻喉科的手術又是如此精密，但他仍然相信自己的雙眼是有超強的透視力，連淑敏睡夢中伸動了一下右手，是想搭在他的胸前，都非常明瞭，只是全身的細胞都睡著了；不知從什麼時候起，一到床上，細胞就先睡著了；但他會觀察淑敏胸部的起伏，正常的頻率，就像看到病人因信任他而呈現出的安詳，開始有一點點滿足時，一片朦朧的白紗罩進室內，彷彿少女飄逸的身姿；這時他聽到淑敏說過，他已經不是二十年前吸引小女孩的大醫師了，雙腳發軟地爬回床上，但更令他緊張的是，從結婚起睡了二十年的床，竟沒有因為他的躺回而有任何的波動，也沒有印下他俊拔的身材。淑敏還是睡得很香沉，也許夢中有自己，那個剛認識淑敏時意氣風發的大醫師；但是現在只能閉上眼，如同從沒睜開過。

當他再度睜開眼時，又是一個黃昏，他只能待在家裡，遠遠的送著夕陽西沉，捕捉那一絲絲餘暉，等著夜幕低垂，等著一切都靜止時，感受到生命在落日裡緩緩呼吸。不再是十年前，從沒時間去注意日昇日落，只是趕著吃完晚飯後，再去別的醫院兼差，一個晚上要跑兩家醫院，掛號一定全滿，那時候，吳德凡的名字就等於「華佗再世」，而現在沒有人會再記得，就連陽光也毫不眷戀的藏起來，他不在乎夕陽是否看得見自己，仍然繼續在黃昏裡迴視，相信自己眼中的光芒可以洞悉一切，直到天色全黑了下來，才進去開起一盞燈，翻著已經看過十遍的報紙。

淑敏看他一句話不說的又在翻報紙，過去對他說：「你每天看報紙到底在看什麼東西，你知不知道郭瑞和升了院長，他真是走狗運，當年他不過職位跟你一樣，你們還一起打牌哩！」

「少提他，我最瞧不起這種人，只會汲汲營營賺取名利，對有名望的人逢迎諂媚，做事一點都不誠實，我告訴你，我這一輩子是寧折不屈，做人要憑著良心啊！賺那麼多錢有什麼用？」說完用那顫抖的手，點起剛剛熄滅的半截香煙。

「賺錢沒用！那你就少喝酒抽煙，少打牌輸錢。」淑敏不耐煩的埋怨著。

「妳哪裡知道？」德凡又捻熄了煙，站起面對牆壁上的一塊橫匾，那是當年在醫院時，劉議員親手寫的草書「是良醫也」。對此德凡緩緩吐出最後一口煙絮，緩緩地說：「我有我的原則，我是個醫師。」

德凡正堅定自信的想著自己的價值理念時，一陣電話鈴響，接起話筒彼方傳來：「吳醫師嗎？我是趙平，上回我跟您談的事，現在恐怕有點困難，我問了一下，您知道我們這個小醫院，實在不需要太多醫師，所以真的很抱歉，希望下次有機會能借重您的長才。」德凡聽完後深深的明白，這就是世事人情，其實是早該明白的，只是淑敏總嘮叨著。

淑敏問德凡誰的電話，德凡絕口不提的儘顧著再點起一根煙。淑敏見他這個樣子，沒好氣地說：「跟你講話也愛理不理，我真是欠了你什麼債？每天乾坐在這裡，乾脆去跳淡水河！」

「淡水河又沒加蓋子！」他面對著報紙說，但實在懶得背這些老套的台詞了，不過當身子愈變愈輕時，就更相信自己可以從身體中走出來，遂拍了拍淑敏對面的吳德凡說：「好好陪小你二十歲的妻子，她只是太無聊了！」然後回到書桌前，拿出剛買回來的精緻信紙，本來塗塗寫寫的用的只是正剛不要的筆記本，寫來寫去都是些「錢有二戈，傷壞古今人品」、「離鄉背井避禍秦，馬齒徒增兩袖風」等等。最近更是一整天坐在書桌，電話─信─信紙，框成了一個似乎存在的夢，可以在歲月中穿梭，可以在空氣混濁時隱藏，跟自己做一種分離與整合的遊戲，這是極嚴肅的一種遊戲，不！是一種實驗，是剛當醫師時熱衷的一種實驗。

在做這樣精密的實驗之前，曾經試著找尋一個合作的夥伴，或是等實驗成功後能夠分享成果的人。他在客廳徘徊，一整天，一整夜，劉議員不是常打電話來約牌局的嗎？不只是劉議員，還有很多朋友，那些曾經真誠相待的朋友，現在等著，直到晚霞狠狠地映在臉上時，電話鈴聲破天而來，正欲飛身過去，淑敏已先一步接起：「喂，──哦──你打錯了！」

天色變得真快，一晃就全黑了，站在窗口，搞不清室內與室外，全是黑茫茫一片；街道上來往的車聲，是另一個星球的音樂。他靜靜矗立於昏暗天地中，淑敏卻靜靜地走向他：「叫你打個電話到醫院，幫我叔叔弄張床位，到底打了沒有？」

「哦！我……，早打過了，最近醫院是旺季，沒有床位。」

「我看是人在人情在囉！現在只有別人幫忙你，你哪還能幫忙別人什麼呢？就像上次中秋節，真是自討沒趣！」

德凡坐下來，把啤酒注進杯內，濃濃的白氣泡溢滿杯口，就似乎看到白色的茅台酒瓶。

一瓶茅台，穩直的立在桌上，陪伴著一盤盤牛肉、鴨肉、雞爪、海帶、豆干等等，打從早上十點開始，就整齊的沒有人動過，徐健說今天會來的，醫院派他來送達慰問金，中秋節有八佰塊。已經是下午兩點了，門鈴未曾響過，背靠著門望著酒櫃上琳瑯滿目的洋酒，很久沒有人送洋酒了，去年中秋徐健送來的兩瓶白蘭地，兩人對飲了一瓶直到天明，好友、明月、醇酒，夫復何求？那剩下的一瓶，仍一塵不染的立在酒櫃中央，這次準備請他喝珍藏多年的茅台，一定會酒意醺陶，只是這會兒一陣冷風在胃腹間打轉，但只要在時光中游走一遍，就又充滿了暖意，且不斷對白蘭地發出滿足的微笑，笑容尚未消褪時門鈴已響——。

「徐健，怎麼現在才來？酒菜早就準備好了。」

「抱歉抱歉，專程給您送來，要不要點一下。」

「什麼話嘛！來，快上桌，先吃飯，再喝酒，這可是茅台哦！」

「真對不起，讓您久等，我已經吃飽了，既然如此，我兩點半跟劉議員約好了牌局，那就不打擾您了，下回一定陪您暢飲一番。」

重新拿出那瓶茅台酒，感覺一切的事情是那樣似近似遠，在生命的舞台中穿梭來回，撫摸著瓶腹，是如此熟悉而又陌生，打開瓶蓋，斟了一小杯，香醇的酒味衝上鼻間，舉起杯子面對酒櫃，環顧室內，而今這些是他最忠實的伙伴了，輕輕啜飲著，在這樣半醉半醒間，順著酒氣，憑著醉意，回到熟悉的辦公室，二十五年了，其實是捨不得離開的，看著一個個新進人員，一個個坐到自己的對面，而根據現在的消息，林主任終於要退休了，科裡的人紛紛在談論此事，他向來懶得閒扯的，尤其自己牽涉在內，而且心裡已有些底了，這麼些年了，從不去院長室或行政部門打什麼交道，現在，院長卻請他去辦公室說：

「吳醫師，好久不見，其實我一直希望能跟你聊聊，但都沒時間。關於林主任退休的事，已經決定讓曹醫師升上來，我知道你跟曹醫師是一起來醫院的，這麼多年你的醫術醫德也是有目共睹的，只是這也是沒辦法的事，所以我想……。」

他想自己真的老了，沒興趣去爭什麼，一個人逍遙自在的多好，在煙與酒裡陶然入睡，在夢與現實中來去自如。醒來也不知是什麼時候，茅台酒的氣味仍在雙唇微醺，打開電視吧！隨即映出一位西裝筆挺的男士，口齒清晰的唸著：

「本台消息，內政部已開始擬定開放大陸探親草案——。」

回到座位，把那位男士的影像細細分解，成一組繁密的方格，碎裂的音波，再重新組合，可以成為一首詩，一篇論文，成一幅遺失已遠的圖畫，山村、田園，還有似近似遠的雞鳴犬吠，都在眼前耳中飄蕩，但片刻間那從廚房傳來的音波，又將他從畫中綁回。

「明天星期天，要不要我打電話幫你約牌局？」

他的眼球一轉動，電視機上的樞紐隨即「咔」的一聲，那位男記者只在眼前晃一下，又成了黑濛濛一片，不過，德凡仍然追進電視台，很嚴肅地說：「你不懂，也不用費事，我自有辦法。」

在他還沒來得及回來之前，已看見淑敏拿起電話筒，對他瞄了一眼說：「別口是心非，你的辦法就是整天像個遊魂似的。」

七個數目字在電話機轉盤間遊轉時，他的嘴角向上掀動了一下，也許淑敏有點了解他了，知道自己的魂魄是可以隨時游動的，不過他不會讓妻子太孤單，立刻將自己化縮成小矮人，像童話故事裡的，雖然蒼老卻真誠可愛，還能有一雙翅膀，飛到淑敏髮梢，懸吊在耳垂上，就像當年他送給淑敏耳墜子時，看到她羞怯的笑容，聽到她的呼吸、心跳，還有，話筒彼端傳來的——

「這是劉議員專線，劉議員現在有事外出，如果您有什麼事，請於第一聲鈴響後開始錄音。」

他從耳垂上掉下來，虛軟的躺在淑敏肩上，知道可以在妻子體內或體外竄進竄出時，更不願意離開了，雖然淑敏毫無所覺，只是將話筒用力掛上，對著他的身體說：「人家都是大忙人，只有我們整天悶在家裡，真無聊！明天早上我想去公園學土風舞，你看怎麼樣？」

他站起時在淑敏肩上跺了跺腳，雙手交叉環抱於胸前，對著自己的身體吹一口氣，吳德凡的嘴巴就能機械似的張開：「老都老了，少去搞這些玩意兒，那都是會有外遇的，什麼黃昏之戀啦！」

他在淑敏肩上轉個身，舞出一個美妙的姿勢，當年就是這樣請淑敏跳舞的，但現在雙腳已沒什麼氣力，還來不及站穩，淑敏已一個勁兒的起身，一不小心他就從肩上順著胸前滑落，在地上彈了兩下後，才慢慢地爬回自己身體裡，緩緩地點起一根煙。

走到陽台，即使灰濛濛一片，仍然清楚這世界的顏色，站在四樓，俯看公寓旁約兩層樓高的樹木，一個俯身，就與它如此地接近，生命與生命相依著，在此秋後冬前，已顯得有些枯黃了，傾聽每一片葉子的呼吸，都彷彿在風中孤獨地呻吟著，他愈來愈注意這世界每一個細微的生命，觀察葉子生理的變化，在樹梢隨風搖曳，隨時都可能與泥土混合，化為另一種生命的傳承。他一隻眼睛望著樹葉，另一隻眼睛面對牆壁，觀察葉子的心電圖反應，突然，心電圖上頻率變直，顯示有一片葉子即將落下，趕忙伸出雙手，左右拍了兩下即成羽翼，在即將落地的那一剎那，飛速接住捧在胸前，回到陽台後，小小心心地將黃葉上的淚水擦乾，然後走進房裡，拿出珠寶盒，讓黃葉安穩的躺在盒子裡，但仍然不放心，放到那裡都不是很安全，都有可能被淑敏發現而拿去丟掉，於是只有打開自己左心室的房門，把它珍藏在裡面，他相信，有一天這片黃葉可能會變成黃金。這是吳德凡另一個秘密。

為了保有這些秘密，得經常把自己關在書房裡，和不同時空的生命溝通，這工作是如此繁瑣又有趣，使得桌上堆滿了書，伸出一根手指，把書推了進去些，打開一張地圖，伸出一根手指，搭在台灣海峽上，吸一口氣，自己就越過海峽，再一個縱身，便躍進廣州，從廣州乘鐵路到韶光，再坐幾個小時的公車，不消一整天的工夫，就可到達家鄉。當然，他不需要買任何票或佔一個位置的，因為所有的精魂都化在那一根手指上，沒有人會看到或察覺，隨便發出什麼不滿的議論，也不會有公安來把他抓走，這時自己已經是個隱形人了，不會被按上間諜特務或政治黑五類的罪名。

再往前一看，就是山村、田園、瓦舍，在這個小地方，不管過了多少年，都不會有什麼變化，那曾經為了求學，而走過的崎嶇山路；曾經為了沒有背好唐詩，而被父親罰跪在祠堂的情景，幕幕如在眼前，父親嚴厲的斥責聲，在耳中聲聲重現。

一聲槍響後，父親在一道血的光芒中，消失了。他看到那年，血，染紅了整片土地，一群打著社會主義旗幟的人進來了，父親是地主，又曾做過區長，被批鬥、清算是少不了的；在一吋吋的折磨下，一吋吋的消失了！即使到如今，血，仍在流。

他被孤立在這廣袤的大地上，風颯颯地吹著，千古的絕唱在四周迴盪，父親、家園，一切都消失，不存在了，自己也將不存在，只有那熱血在奔騰，始終對抗那逼人的紅光。

一切都不復存在，走，回去吧！可是不甘心，娘呢？娘的身體不好，竟也挨過了四十多年，使他愈發相信，飢餓貧困能使人長壽。當天地一片空疾時，忽然聽到一大群腳步聲，親戚朋友全來了，他們穿著一樣的衣服，一樣的脫鞋，有著一樣的眼神，每一個眼神都像苦苦哀求著，對他說：

「德凡，聽說你在台灣做大醫師，賺很多錢，你可知道你娘可是睡祠堂的啊！」

「這些年家裡生活很苦，你大哥大學畢業還在種田，收成又不好。」

「家裡的房子殘破又漏水，整修需要一大筆錢啊！」

母親的慈顏恍然在前，德凡只顧衝了過去：

「娘——！」

任何聲音已靜止，時空已凝滯。

他將身上所有東西都翻出來，不斷地挖——挖，直到什麼都沒有，自己也沒有，完完全全地消失了。

把食指收回，越過台灣海峽，握成拳頭，再重新伏在桌上，整片國土，容不下一張臉。

整張臉沉浸似的貼在地圖上，已然不知時光的流動，等到正剛敲了幾次門進來時，才如夢乍醒，恍恍然從圖中走出站起時，猛然發覺今天是星期天。

「爸爸，吃飯囉！」

德凡極不情願的站起來，心裡還埋怨著：「你們這些孩子們，沒吃過苦，什麼都不懂，只會在外面鬼混，還不滿現狀，好高騖遠，動不動就抗議，哪像我當年……，唉！」對著正剛的身影不住的搖頭。

筷子沒動幾下，開始數落正剛跟小莉。「桌上教子」的觀念在他腦子裡根深蒂固著，看到小莉這身衣服，不過是高一，就化起妝來了，就大聲說：「妳看看妳，這穿的什麼衣服？內衣當外衣穿，還長袖穿在裡面，短袖穿在外面，年紀輕輕不好好讀書化什麼妝？妳馬上去洗掉，衣服也換掉。」

「爸爸，你怎麼這麼不講理，現在這是流行哩！」

「流行！什麼流行？我看真是『商女不知亡國恨，隔江猶唱後庭花』！」

「爸爸，妹妹這也沒什麼錯啊！街上到處都是這樣。」

德凡一拍桌子：「你們翅膀硬了，居然還敢頂嘴！」

「爸爸，不是的，我是說大家都這樣嘛！像我們學校好多同學都開車上學，當初您若不賣車，現在我也有車開了，爸爸，我……，我想買部二手車。」

「你這個不肖子，還沒賺錢就想開汽車，只會貪圖享受，好高鶩遠，我再不管管你，將來有得苦吃了。」

「好好好，我不說，您還是多注意自己的身體吧！」

「我是醫生，難道不知道自己的身體嗎？你們懂什麼？一切有形的都是無形的。」說完站了起來，硬生生的把椅子推開，用力丟下一句話：「你們兩個給我到客廳，把朱子家訓好好背熟。」臨去洗手間時，對著客廳壁上的那四方條幅，深深地望了一眼，有著無限的眷戀。

按下抽水馬桶，打開水龍頭，淅哩嘩啦的聲音亂成一堆，他極力的把著這些亂流拋在腦後，面對鏡子，凝視著自己，整天都沒有刮鬍鬚，竟也沒多出一根毛來，這讓他有點恐慌，難道連這一點特徵也將消失嗎？別人沒有看到，連自己也看不見了嗎？那深邃的瞳孔，高挺的鼻子，在皺紋的壓擠下，逐漸地變為模糊，整個五官、臉龐在扭曲，是自己嗎？黑的，白的，很模糊，在不斷的壓縮下，只有一個黑點，而後在鏡子裡看到的，竟只是一片白茫茫——白茫茫，已經隱形在空氣中了，隨空氣的流動衝了出來，只有自己知道。

知道自己這樣的變化，回到客廳後，抖了抖身子，又恢復了原形，打開電視，正是午間新聞：

「……自即日起開放大陸探親，欲探親的民眾可親往紅十字會登記……。」

德凡用手指在桌上彈了幾下，冷笑了一聲。倒是小莉，滿懷興奮地過來說：

「爸爸，您可以回大陸探親哩！我也想去大陸玩玩，我也要去嘛！好不好？」

「你們懂什麼？我要是回去還出得來嗎？家鄉現在有間醫務所，到時候把我留住，起碼還有點剩餘價值。」

正剛立刻接說：「還不是有那麼多人回去好好的？」

「你們沒有吃過共產黨的苦，知道些什麼？跟你們講你們也不相信的。」德凡將桌子一拍說。

小莉似有所悟地笑著：「哦！爸爸，原來您早就跟大陸上通信了。」

淑敏將抹布一扔，走過來雙手叉著腰：「是喲！什麼事都不讓我知道，你說，是不是你在大陸上還有老婆？」

「你們簡直是……。」德凡站了起來，走到窗口，右手撫著心臟，對著左心室探手進去，便摸到了那片黃葉，感到有點安慰，他知道有一天會將它歸屬於那片土地，這片無價的黃葉，沒有人知道；這個秘密，沒有人能幫他完成。

德凡告訴自己，在這個混亂的空間裡，必須把嘴巴隱藏起來，可是家裡六隻眼睛一直看著他，連這一點小小的隱藏都不被容許，淑敏再次咄咄地問他：「你到底要怎麼樣？我看搞不好是你想一個人去大陸不回來。」

「我怎麼可能會去？妳不知道『漢賊不兩立』嗎？那些寄來的信不過是說娘還活著，家裡生活不好，要我寄錢過去，其實這些都是共產黨搞的統戰。」

正剛十分不以為然地說：「爸爸，您不要草木皆兵似的好不好？現在都解嚴了，大陸上地大物博，很多人回去搞不好都不回來哩！」

德凡的神經瞬間暴漲了起來，右手顫抖地舉起指向正剛：「你給我閉嘴，我是怎麼教你的？」

「好，好，不說就是了，反正我馬上要出去，我跟同學約好了要去看電影。」

「我讓你唸書做什麼的？只學會一些腐化的思想，荒唐的作為，不好好反省反省，不懂得居安思危，你知道你今天的生活是多少人的血汗換來的，你知道你的親人同胞正在受苦嗎？你……，我……。」心跳加速，撫著心窩，整個人扭曲著。

「爸爸，那是您的想法，為什麼我一定要按照您的標準去做。」

「我用我爸爸對我的方式對你們，難道錯了嗎？你們這些年輕人，全是在自取滅亡。」

正剛頭也不回地衝了出去，一過就是一個多月不見人影，淑敏除了埋怨就是嘆息，整個屋子的空氣始終凝滯。

在這樣靜止的空氣中，吳德凡可以無所顧慮的優遊，隨時將過去的時間拿出來研究一遍，偶而打開窗戶時，感覺氣候的變化，知道最近感冒的人多，而診所的生意卻不然，往往病人來了，沒什麼要緊的，就叫他們多喝水，吃幾天藥，看一次就解決了，不像別的醫師，總要說得嚴重些，來來回回多看幾次，多扎幾針，他認為那是在騙錢，憑良心說，藥吃多了不是好事，但現在的病人卻寧可相信開多藥的是好醫師。所以，診所生意比以往更差，整天守著，沉默著，躲在那古詩詞中，埋在信札堆裡，而淑敏也少嘀咕了，只是一針一針的打著毛衣，那是給正剛的，若有病人來，看到這幅情景，實在不像醫療場所。

「醫師，我喉嚨要不要緊？是不是發炎了，要不要打一針？」

「不用，只是小感冒，過幾天就好了。」

那女病人不情願的付了診察費，滿懷不信任的眼光走了出去，德凡知道她馬上又會去別家診所，但那又有什麼重要呢？只能坐下來，習慣地翻開報紙，就連報紙都懶得看了，每天打開報，不是立法院鬧事，就是什麼示威遊行，再不就是飆車、賭博、兇殺案，我們的社會，難道就沒有一點平和光明嗎？他搖著頭。

「別搖頭了，我早就勸你，把診所關了，店面租出去，每個月收的租金，還比看病人的錢多。」

他沒有答話，也不用再堅持什麼了，只要清楚地知道能保有自己的那些秘密，其他的什麼也不重要了。

淑敏又說：「下午我們去醫院看我叔叔吧！」

幾乎忘了已經多久沒來到這裡了，不過是昔日上班的地方，白色的牆壁，白色制服的人們，應是如此熟悉，卻沒有一個人認識他，連路怎麼走都不太清楚，只能說似曾相似吧！進了病房，淑敏直接地往叔叔的床位走去，他卻習慣地進了護理站，翻開病歷，開處方箋，這是多麼自然的事阿！可是一個護士急忙過來說：

「先生，這是我們辦公的地方，請你馬上出去好嗎？」

「我……，我是……。」

「家屬不能待在這裡，請不要妨礙我們工作，你有什麼問題告訴我們就好。」

他看見護士緊張地叫了男工友過來，一刻也待不下去了，雖然那充滿醫學知識的腦子仍留在病歷上，但身體已過去催著淑敏離開，淑敏不解但仍不情願的跟他走，在經過急診室的走道時，看到推車上躺著一個熟悉的人，走進一看竟是正剛，他的頭、手都受傷了，滿臉的血，他趕忙過去要為正剛處理傷勢，這些年輕醫師都笨手笨腳的，哪裡懂什麼，但一位穿白制服的男士一把把他推開：

「這位先生，你到外面去等，這是車禍，要緊急處理，快走開！」

「那是我兒子，我是醫師。」儘管在心裡吶喊，但沒有人理他，他的心已被灼焦，而淑敏只顧在旁流淚。

知道正剛的傷無大礙，心也就放了大半，但仍需住院觀察一段日子，淑敏天天往醫院跑，回到家就是埋怨、傷心、難過，這些在在刺痛他的心。

家裡沒有人，一片恍恍然的，一切是靜止而孤寂的，他面對那塊「是良醫也」的匾，問著：「『你』什麼時候才能覺醒？」然後無力地伸出右手，撫著心窩，那片黃葉還在。

雖然不說話，但卻是關心正剛，關心這個社會，這個家的，只是這世界在變，而吳德凡也在變，有形——無形，只能隱藏起來，隨著自己的意識而任意流動，沒有人知道，也就在正剛出院的那天，全家人只當他變了，願意把診所關了，「是良醫也」的那塊匾也卸下，將它折疊起來，藏在肺裡，與自己的呼吸相依著，全家人滿意的微笑，回復到另一種寧靜，而他始終守著自己的那份秘密。

從此，吳德凡，已經是一個確確實實的隱形人了。

（小說族月刊）

候鳥之死

「理想和現實就好像翹翹板的兩端，而時間是中間的定點，……！」這段文字記錄於范翎最後的一篇小說中，在其死後五年被發現。

我攜著這份僅餘殘留的稿件，驅車直奔松江路一間名為「似曾相識」的茶藝館，在下午三點零三分抵達，這個時間也正好是范翎當年結婚時的吉辰，於是我更確定在這場聚會中，將有不可言喻的收穫。且這時在茶藝館內的已有：某報編輯徐浩，范翎的讀者黃翠芳，以及范翎的好友杜潔。但事實上我並不知道，他們何以同時在此出現，同時等待著我？因為唯一真正與我相約的人是紀威——范翎的丈夫，而顯然他是尚未到來。

依稀記得五年前，這間茶藝館原是名為「往日情」的Coffee Shop，幾乎全是雅座式的設計，在黯然黑沉的光影恍錯下，低迷的藍調音樂中，一對對男女經常將高背長椅撼搖起，或者會有幾聲長短不齊的吟叫，衝破樂聲的律動。但如今這改裝過後所成的茶藝館，卻在古色古香的擺設中，奔放著最新流行的熱門歌曲，在略顯隱蔽的日式隔間內，時時傳出男男女女爆裂的笑浪與呻喊；在昏黃曖昧的盞盞小燈下，一切有形與無形的浮顯，都使我感到時光重返卻又已然遺忘存有的過去。

在緩緩款擺而半掀的珠簾前，我脫下球鞋，踏上榻榻米的地板，手捧著這疊零碎的稿件，長髮披散紛亂，藍外套任意翻敞開，以及被雨水濺溼的燈芯絨褲，都顯露出狼狽的自己，但那徐浩卻仍首先站起，抖落一身他所特有的，過於公式化的禮貌性容態，提著慣用的笑臉過來向我握手：「聽說妳手中的稿件，具有相當大的價值，希望今天的相聚，我們彼此都能感到快樂與滿足。」

還來不及回話，黃翠芳已抱著一本筆記過來：「『候鳥之死』這篇小說的女主角，究竟是不是『候鳥之愛』的女主角？從愛到死透露出什麼意味？女主角最後到底選擇了什麼？」她急切的眼神中，佈滿期待的問號。

至於杜潔，唯一氣定神閒的人，她把剛沏好的一壺茶，倒了一杯遞給我，沉穩卻又似神離地說：「關渡河口的黃昏下，還記得嗎？在這九月時節，那群冬候鳥又該飛回來了！」

「是嗎？……！」我凝視著把玩於手中的空茶杯。

接著是沉默，但其實我們之間的交融並未靜止，而是無言的靈性流通，也就是經由某種內在潛力或體內超然的電力，達到了然於胸的境界；只有這種不需聲語的方式，才能彼此交集融流，真正在心的感應中，完成了以下的協議，即關於這次要討論的問題有：

（一）范翎究竟是不是在五年前就死了？若是的話，則死因如何？

（二）我手中的這篇「候鳥之死」，是范翎最後的一篇小說嗎？與范翎的真實生活有何關聯呢？

（三）我們勢必要從這份稿件中，挖出范翎的情愛糾結即內在矛盾，折掀起另一段情節的衝突與高潮！（干卿底事！）**括號部分為筆者附加**

P．S．范翎的丈夫到底會不會來？

攤開稿紙，我們開始就著以上諸等問題逐步討論，在口沫橫飛的語言交陳中，這份手稿的原跡已有些模糊，而最終會呈現怎樣的面貌呢？

一

時間是三點零三分，在華西街一棟老舊瓦屋門口，震天價響的一串喜炮，並未使整條巷子有所改變，唯一的改變是范翎的臉，混著眼影的淚從眼角溢落。拜別了父母，在紀威的攙引下，步出被蛀蝕殘腐的家中大門，入坐於禮車內。

她的手中緊握著一把扇子，在禮車繞出巷口後，突然急轉回頭：

「另一把扇子呢？我有沒有在上車時把它丟掉？」

「哎！別回頭，早就丟了，放心，小迷糊呀！結婚好不好玩？」紀威一手摟著她的肩，另一手捧起她的右臉頰說。

「好——！」這個字脫口而出時，她腦中頓時浮現出昨晚，在課堂中熱烈討論的問題——什麼叫做好小說？於是所有的情節、形式、結構、內容，以及連接意象的文字，氛圍的醞釀等等，都在她腦海中那詭奇的異象世界裡，逐漸織合孕育著；不禁心喜地，讓臉龐兩朵腮紅飛揚起，捲收——，似玫瑰花瓣……，並與她手中淡紫色的新娘捧花，相互映照出迷茫飄渺的前景。

「只要老婆說好，我就什麼都放心了！」至此，紀威是真的放心了。一路上，始終未曾停歇，是他那對深陷臉頰的酒渦，於笑的輕語中浮沉，直到進入飯店的新娘房內……。

白紗裙擺輕輕撩起，脫了高跟鞋的范翎，一雙修長略黑的玉腿，隱約露出膝蓋以下的小腿肌，與光潔的雙足，懸在床邊向前晃盪。這是在招呼一群親友的道賀寒暄後，她決定暫時關上房門，深深舒展出一口氣，將褪下的銀白色絲襪扔放於床角，頸背往後一仰斜靠在床頭，順手打開床頭櫃旁的手提箱，掏出一根大陸雙喜牌香煙，燃起後的一吐一吸，使團團煙氣飄浮騰升，而室內抑壓淤塞的空氣，更使她再也按捺不住地說：

「就這樣，多舒服阿！這才是真正的我，受不了那些繁文褥節……！」

「可是妳還是照著凡俗的定規去做了！」一旁整理化粧箱的杜潔，以清淡的聲調緊緊反駁她。

「……！若以我的個性，包袱捆一捆就可以帶個男人跑了，真的，真的！只因為父母……！」

「是嗎？呵呵——！」原要過來替范翎補妝的杜潔，竟在一聲長笑中，別過頭反身對范翎說：「我先出去一下。」

瞬間的啞然撼搖不了范翎機巧的心，立即轉頭對杜威說：「還記得我們的約定嗎？暫時先不要……！」

「當然，來，給老公抽一口煙！」不抽煙的紀威，只有在范翎面前，會為了陪她而抽上幾口。於是這時紀威已執起她的手，深吸一口范翎指間的煙，將臉暱近她濃妝下的膚容，粗厚的唇親吻她桃紅細薄的小唇，煙氣就在倆倆口舌纏連的吸動中，深入肺葉再往上衝出鼻腔，化成一片空。至於那只雙喜牌的空煙盒，已被紀威揉捏成一團，準確地擲入字紙簍裡，那掉落時碰撞出一聲——「空」——！

空——，紀威的胸膛緊貼范翎的乳峰，隔著薄薄的白紗，煙氣已消散熱血正沸騰，但，冷冷的鋼板房門外響起了一聲——叩——，當門被推開的那一刻，范翎輕推了紀威的肩，但毫無所覺的紀威仍深望著他的新娘，新娘的雙眸卻已拋向門口，那令她動容的身形穿著陌生的西裝，陌生的裝扮掩去熟悉的肌肉，熟悉的紀威擠出生澀的微笑，起身迎向這個自行推門進來道賀的男人，是徐浩嗎？那個黝黑粗壯散發魅力的男人！

是自己將房門關上的，撲倒在他厚實的胸前，那黝黑而富彈性的肌肉，散發出男性特有的汗水味，澎湃奔流著一種欲奪欲取欲勝欲行的慾望在血脈激竄出無可遏止的肉與肉正貼緊纏連正扯下他黃色背心在濃密的胸毛間用鼻用臉用唇搓揉著，嗯——，哦——！徐浩啊！這是要柔要快快快扯下他那帶著誘人味道的磨舊的牛仔褲，要快要不必言語要——！

真不好意思，麻煩你親自跑來，待會上菜時可要多吃一點哦！我們紀威是個好丈夫，可就不會招呼朋友，你要多包涵。哪裡哪裡，我第一次看到你們倆時，就知道你們是天生一對，今天這大好喜事，我怎麼能不來？向你們這對出色的佳偶獻上我小小心意呢！來，祝你們新婚愉快，好夢連床！

夢，是夢境嗎？不！這不是夢，是真實的肌肉富有彈性的肌肉在交纏，在彼此密佈的體毛間引爆，引爆賁張的血脈激快的奔流集聚在下腹——，漲起——，吟叫著訴說著說喊著，嗯——，啊——！我跟我未婚夫很親密過，哦！不要嘛——！緊抱著這男人的肉體翻滾在地毯上翻滾——，滾出一個火熱的夢，進入夢境，來，進入——！

你一進入這房間時，有沒有看到，今天我的新娘多美啊！當然，這還用說，你們是金童玉女天成佳偶，不僅范翎今天格外美麗絕倫，你這個新郎官更是英俊瀟灑。不好意思啦，不過能嫁給阿威，這前世修來的幸福，真的讓我什麼都滿足了。瞧你們恩愛的樣子，讓我好生羨慕。喲！別光羨慕啊！接著可是我們要等你的炸彈囉！

炸彈，火爆地，哦！是子彈，熱烈地射進，然後，火藥用盡了嗎？還是未曾填夠？萎縮地癱瘓地疲乏地僵在地毯上，在當急促的呼吸漸緩漸長漸弱在浹盡的涔涔汗水中，如一條敗亡的狂龍，似被砍倒的粗壯的巍巍的大樹，已倒已枯已腐已朽，不——！我是太陽，是爆發未盡的火山，延燒的焰火滾燙地灼遍每一塊土地每一寸肌裡神經每一絲髮膚皮肉每一分血脈在奔騰狂捲中讓繚繞的餘熱搓劃出火光電石再一次燃繞除非盡成灰燼煙滅，否則要引發再一次緊擁、再一次撲倒在厚實的胸肉上用細膩的指尖輕輕滑動緩緩觸摸，用舌尖舔盡強悍胴體，每一個細胞所有的養分在濕黏的膚肉緊黏間，輕而強緩而烈地上下撫移輕輕地挑——起——！

來，在這裡我先以茶代酒，祝你們永浴愛河百年好合。哪裡，謝謝——。更祝你們早生貴子白頭偕老。謝謝謝謝，我們也祝你趕快找到另一半。談何容易啊！我看全天下最美麗的幸福，全被你們這對佳偶給佔盡了，我啊！只有靠邊站的份。算了吧！我看是迷死你的女人太多了，而你又眼光太高，像從前迷死阿威的女人還不是一大筐，不過最後還是被我這個醜女人攫獲了他的愛，擁有今天的幸福。是啊！我跟小翎的愛情，真可以寫成一部浪漫動人的小說。你們再這股恩愛勁，待會兒我可是要鬧洞房的。沒關係，儘管放馬過來。別太過分喲！我跟阿威可是正急切地等待你的喜訊。

等待著等待再一次狂熱，等待他再一次地血脈再一次急速賁張激起——，是的在溫柔的渴烈的吮吸中，他渾身血脈神經再也禁不起地聚漲奔洩狂湧，湧出一把火炬鑄成一支揮動千軍萬馬的神奇利劍刺入——，刺入，深深地刺穿，撕裂我滑嫩的肌膚柔軟的血肉正在崩解崩解，在驚濤拍案中在無際的原野中，天地最高的風動氣潮如龍捲風狂起，而我盡享獨握，而我盡情在此揮令，盡情在此喝叫呼嘯呼嘯——，但是沒有多久他竟已漸停歇，如天地忘記運轉而僵躺著，在似最後一口氣喘不上來中，一切呼吸彷如靜止，彷如血已流盡汗已榨乾地癟萎著，哈哈……！徐浩啊！你又有多少浩然血氣呢！！

我該告辭了，不打擾你們小倆口的甜蜜，我可要先留點精神，等一下喜宴中才是好戲正上場。別急，我們一起照張相吧！阿威，你去把照相機拿出來，將焦距與時間對好，我們三個人留張永遠的美麗紀念吧！

他沉沉睡去的身影體像映入我腦海如一具死屍般——！

映入鏡頭內的是三個人洋溢興奮歡樂的喜悅笑容。

喜宴中，不停翻騰的鼓譟聲，是徐浩帶頭鬧酒的，快樂熱情的他把新郎新娘哄抬上筵席桌，鬧著要他們喝交杯酒，灌進紀威口中，是范翎高跟鞋裡的紹興酒；直到某位長輩站出，才略微收斂，開始再次巡迴地敬酒，重覆舊而老掉牙的台詞，全在范翎耳邊迴盪……

謝謝！早生貴子百年好合永浴愛河白頭偕老早生貴子百年好合白——。

白頭——，偕……！白頭——白——白——！白紗——白煙——白，一片，白，茫茫——，白——！

＊　＊　＊

白茫茫的蒸氣，在滾燙的水壺上迴旋繞升，一粒粒晶瑩的水珠在壺蓋邊緣，或盤繞，或簇擁，或噴濺而出，使我們的臉因而紅熱起來，且小心翼翼地，以避免手或臉的表皮遭到一丁點的灼燙，但這片氤氳之氣，總還是瀰漫在迷濛的雙眼間，使眼前所見盡是飄忽迷晃的面容表情與恍錯飛離之物態。

此時，沒有人再會去提起茶壺，為眾人沏茶，因為大家必須思考，必須只顧著完成緊結於心中的事，這件關於我們共同的敘述（或說法吧）?!若當如此，則前述一切語言、文字的曖昧性、懸疑性，都逼使我們進入假設的階段。即於這個時空裡，八隻黑眼珠快速地打轉，全在自己的眼眶內，畫上了共同的符形——「?」。

究竟徐浩是不是徐浩?杜潔是不是杜潔?黃翠芳是存在或不存在?

我堅信大家必須從我的這份稿件中，找出一條明晰的軌跡，與真正的問題所在，於是在稿件第十八頁中出現這樣的對話：

「不!送我回家，我們不能進去，不能再這樣了!」

「妳——!好吧!我知道，我……，也不願意傷害紀威。」

「你是那麼善良，但我們卻並不適合!」

「我真的，不能給妳什麼嗎?!」

「不是……，嗯!也許，你就像一匹不羈的野馬。」

「……，嗯！也好，你們快結婚了吧？」

「這……，只能說，選擇紀威，是最安定的結局。」

「結局嗎？……唉！抽根煙吧！」

那根KENT煙，方才徐浩遞給我的，緊夾於指尖，卻一直未點燃，因為我必須帶領大家繼續看下去，在稿件第十八頁最後一行的一段文字：「……，只有在安定的生活中，才能探求生命底流動變數。」這行句子被我一字不漏地唸出來後，抬頭時徐浩竟已無聲地去了洗手間。

同一個時刻，唯有杜潔，拿出一只粉紅色粉餅盒狀的打火機，點燃我手中的那根KENT煙。當火星在煙絲內竄升時，我深吸一口，捲起舌，吐出一轉煙圈，即刻又在寂寥的空氣中飄散、碎裂，又成形，成為一種……，於消失之際，我重新考量到一件事，即我們該追究的另一個問題應為：

（其實剛才那團白煙圈，於碎解之後所形化成的是「？」類似這樣的圖案。）

我重中此乃筆者之贅言

「我」究竟是一個主觀者或旁觀者？

關於杜潔這個女孩，是怎樣的一個人呢？個性及心理又如何？我一直不太了解，大部分是聽別人提起，或憑自己直覺所臆測，而今天才算是我們第一次正式見面，然卻不明白她何以一直盯著我看？想從我身上探尋什麼嗎？抑或她對我也有一些「聽說」與「臆測」？我不知道，但她又如何知道我的一切習慣呢？那包括了穿著、抽煙、喝茶、說話……等方式，甚至知道在我去洗手間時，有跟女伴借面紙的習慣。

杜潔又重新沏了一壺茶，注入五分滿在我的杯裡，我端望著茶水，手指不禁顫冷了一下，而她卻忙不迭地說：「杯裡的茶水不必倒滿，給茶杯留一半的空隙……！」

「哦——！」我遲疑了一下，淺嘗一口溫熱的茶水。

「范翎曾對我說：『過多或過少都是一種偏執。』」

「嗯——！聽說范翎跟妳是至交，尤其在她婚前，妳們一起上課讀書寫作，幾乎形影不離！」

「茶與茶杯無論就本質或屬性來說，都是不相同的兩種物質……！」

「以妳們的交情，妳一定知道這份稿件的真實性如何？」為了我此來的目的，即確知事態的真相，我不耐而緊追地打斷她的話。

「因為存在意義上的某種需要，必須相依相合，卻同時也產生種種罅隙，那麼就讓它各留一半的空間吧！唉！只是……！」她端起面前的茶杯，將茶水一飲而盡，杯裡只留下淡遠的茶香。

自說自話的杜潔，讓我無法忍受。因為像我這樣一個雜誌社記者，所關心的是答案，是隱藏在現象背後不為人知的真實事態，因而我必須繼續追蹤下去：「是否能請妳敘述一下，范翎在死前的心理掙扎？」

「若花非花，霧亦非霧，那麼夢又何嘗非夢？曾經……，又似夢一般，追尋夢之本身，亦如夢……，之非夢！」

這是正常的對話嗎？我不想糾正她，只想探詢：「目前大家都相信，范翎在五年前就死了，妳認為她的死因是什麼？」

「關渡河口邊，每當季節更換的時候，會飛來一大群候鳥，築巢或覓食，其中有一隻裡海燕鷗，但五年了，不曾再看到，或許，天空才是牠的家，是牠長眠的地方……！」

杜潔抬頭仰望天花板，看嫋嫋而升的煙霧，在飄離逝散時，她全然凝神地，心魂彷若已掉入另一世界，一種莫名詭奇的靈思當中，使她發出幾聲斷而不可思議的語句：「不再是——，候鳥——，天空中，——死了！」而這夢般的囈語，卻引起黃翠芳好奇的聯想，引頸對杜潔說：

「候鳥——?!范翎是為了追逐一隻候鳥兒掉進淡水河裡淹死的嗎？」

「一個深潛於內在的夢，一座冰山火岩，一項永不能完成的追逐……！」又是這個神經兮兮的杜潔在說話。

我已然弄不清楚，他們到底是怎麼了？哦！是你們這些男人與女人，到底搞出了什麼問題？不！是在這個時序空間裡，我們彼此究竟發生了什麼事啊？

「事情據我所知，范翎是因病而死的，是一種永遠不能解析的絕症！」我尚未察覺徐浩是何時回到座位，他卻已突兀地說出這句話。

杜潔竟睨了徐浩一眼，驀地站起說：「不！不是的，只有我清楚范翎的死……！」

二

黃禿禿的山坡地，沒有一株草、一棵樹，或撲湧的泉水，只有揚起的塵土，在風中翻飛。奔跑著奔跑著——，四周圍是深絕的斷崖，突然一陣暴風狂捲，整片天都昏暗了，沉壓壓地黑下來，在天際與山崖的連接處，虛渺的一線間隙裡，擠冒出一個人影，好多好多，十幾個或——，哦！無數地，長相一模一樣，光裸著身體，腰腹間的肌肉似粗圓的水桶，鼓漲的異常鬼魅，且發出一道道刺目的光，而那凹陷的肚臍，有若無底深邃的黑洞；他們，逐步地走近，並撲前——！且時而迸射出一種魔電！而那雙乳是平塌的，一圈乳暈清晰如荔枝狀；至於下處，像有什麼在搖盪，又似千古才出土一次卻已朽鈍的神奇寶劍，但那一處那一刻在一圈圈黑霧中，陷入暗潮漩流的渦中——！極為驚險。哦！他們，又排列整齊的躺在斜坡地上，但看不清楚臉，陌生的人體！在強烈急促的呼吸中，那凸隆的肚腹一再地膨脹，消滅，膨脹——。走，一直走，奔跑——！身邊又竄出蜿蜒爬行的小黑蛇，這悚然景象，是人！一個個肥胖的人，突然站起，手中持一把很長很尖似棍似槍之物，追趕擊射而來，哦！刺入殺盡——！不！回頭之際，那手中物又成一根根棒狀的法國麵包，飄溢出香蒜之味，張大口吸咬，激快地咀嚼一番吧！但那些裸體陌生的人，一群群地，負著晃動的肥腹迫壓逼近，與地上吐出舌信的蛇，一步步逼近，欲迎欲往又欲退欲離，哦！一次次地，跑，轉圈迴繞撲朔離合，哦！不！奔逃——，懸崖，無盡地，沉黑，下衝，啊——！

響起的電話鈴聲，怵然驚醒夢中的范翎，在滿身冷汗中呆兀著，鈴聲持續刺響，令她混噩地躍下床，暈晃中欲出房門，正扭轉門把之際，已聽見婆婆春玉接起電話說：

「哦！找范翎啊！她一大早就跟紀威出去了！」

她重回房內，於梳妝鏡前用手撥弄了一下頭髮後，坐在書桌前，攤開昨夜未完的稿紙，右手托著尖削的腮幫子，左手握起黑色簽字筆，試圖再進入小說中的情境，延續昨夜纏綿泉湧的思潮，但咕嚕咕嚕的翻絞聲已從腸腹奔出，在激撞的空氣中砍斷她的靈思。然而書桌上，除了散亂的稿紙及書籍，再有的只是雙喜牌與KENT煙的空盒子，早已忘記自己有多久未進食了，用力吸氣縮緊肚子吧！自己是能超脫一切而安之若素地坐在椅子上，但那壓縮的氣流與腸胃的絞裂，已一次次重重地襲擊而來，右手用力一抓，那兩只被揑壞的空煙盒，凝望著，早已揉爛在蕩然無存間，空的，空的，空——！只好起身，旋晃中走出臥室後，見婆婆在客廳裡，將一堆堆舊報紙摺疊起，收藏在桌几下的櫃內，范翎立刻挺直身子向前：

「媽！早安，我……！」

「小翎，原來妳沒出去啊！嗯——！那快去吃飯吧！」春玉低頭望著手中的報紙說。

「謝謝！媽，現在幾點了？」邊說時已走向前，拿出春玉才貯放櫃內的報紙，開始不停地翻找著。

「十二點多囉！」春玉背對著范翎說。

「哦——！媽，對不起，昨晚寫稿到夜裡四點半，所以起晚了。」繼續翻著報紙。

「沒關係，我怎麼能怪妳？我們家可是有位了不起的女作家哩！」春玉往後一仰靠在沙發上，雙眼翻白著。

「媽！這堆報紙，我還想要找找前些天的副刊，所以等一下我再全部整理好了！」

「嗯！也好。不過等一下阿威就會回來，今天是禮拜天，小雲生日，晚上要在家裡為她辦個生日舞會。」

舞會，這似遠似近，沉潛於心海底，一個名詞在時間的浪濤裡浮盪，在她心海裡激起泡沫般不規則的影像。

「探戈」的旋律，舞步於進於退於牽拉碰撞中，一個轉圈，被紀威緊緊環抱於胸前，彼此肌膚貼近著，在暗淡昏眩的黃綠光影下，樂聲漸遠漸弱……。

——剛才你一個拍子跳錯了！——對不起，我第一次跳舞就能認識妳真幸運，還在唸書嗎？我在唱片公司做公關，你呢？——嗯……，一個很平凡的教書匠，不過是教體育，在小學裡，教鍛鍊身體的無字天書！——哦！唸書時我體育成績還不錯，有空請你多指教囉！——哪裡？嗯！這家日文補習班不錯，還舉辦這類交誼活動，怎麼以前在班上都沒有見過妳？——哦！我只上星期日上午的課；對了，這是我的名片，以後再多聯絡嘛！

早晨，一束清新盛開的紅玫瑰，總會躺在范翎的辦公桌上，默默泛起紅靨，是花兒綻開的微笑，對她，在每一天裡；片片花瓣溢露芬芳，散出撲鼻香，而點點花蕊，也在春風的輕拂中，碰觸交結，絲絲透入她心與血的搏動間，且聚且散且離合，都是一種相融的快感，都是自然原始中的律動與反應。

范翎知道，這個叫紀威的男人，將以厚實堅穩的臂膀，粗壯挺拔的身軀，及那張還算俊秀的臉孔，意圖進入她的世界；但范翎更清楚，善良而毫無城府，是紀威莫大的優點，而他那個溫馨和樂的家庭，哦！一個家，一個單純美好的家，簡直已讓她迸出無限的欣羨之情。

至於跳舞，范翎其實是不感興趣的，因為有太多的事情要做，太多的理想與意念要完成，所以表淺性而無意義的玩樂，根本就是浪費！她要讀書，要努力向上，要成為一個十項全能，眾所矚目耀眼非凡的出色女人；而紀威，就一直一直地在她身後。

「往日情」的Coffee Shop裡，燭光搖曳的昏黃影色下，共進一頓浪漫的晚餐後，如果相對無言也是另一種美麗，那將是全心看書的范翎，與趴伏沉睡在餐桌上的紀威。

是那一夜，在「往日情」裡，窗外閃爍的星辰已被隔絕，而紀威炯炯發亮的眼神正訴說著，鼓勵著范翎嘗試文學創作，以發揮她超凡無上的才華，進入文藝的絕美天地，於是范翎的第一篇作品「候鳥之愛」中，就嘗試了大膽的題材，即一個離婚女人如何在難抑的煎熬掙扎下，終於強暴了一個處男的心理行為過程。而這篇小說除引起廣大的迴響與爭議外，更贏得當時任某報副刊主編的徐浩，到處對她的大力推舉與讚賞，使文壇又急速竄起一位女性新銳作家。

是掌聲！在掌聲中心潮沸騰，在語言聲調喊叫呼嘯中，熱血與脈動與汗水都激烈纏繞迸發，在醉人而神魂飄迷的音樂下，一股凶潮在闐黑幽暗深不可測的心海底狂旋，哦！音樂，是所有的聲音語言呻吟呼喊都在時間與空間裡碰撞碰撞……！

「啊——！」她暗叫一聲，想起那盤烏賊，竟在炒之前還未洗過，但烏賊已混著客人們的笑聲下肚，她只能感到好笑！怎麼自己能抓著烏賊，腦海卻想著關於候鳥的事呢？而一隻候鳥又如何能在一張稿紙上自由飛翔?!這……，是——，；哈啾——！濃重的油煙味，快逃出廚房！

躲進臥房吧！再次進入文字的躍動，任意讓筆觸揮灑，繼續那未完成的夢，但那舞曲那笑鬧聲那激喊，早已打破房門滔滔衝入淹沒她的思緒！

順手拿本馬奎斯的《百年孤寂》，走出臥室後，見紀威正一手高端著水果盤，穿梭在高談闊論瘋笑狂鬧的男男女女間；而她卻緊抱著書，坐在牆角邊的椅子上，靠微弱的壁燈翻覽；但未久又走出客廳立於大門外，依著門燈逐字閱讀，直到曲終人散，再入內收拾杯盤狼藉桌椅倒雜的家。

「今天讓妳辛苦了！」

「應該的嘛！」范翎面對著稿紙，正欲勾劃出一隻候鳥展翅而飛的情態時，只好隨意地回答背後紀威的話。

光裸著上身從浴室出來的紀威，雙手從後摟住靜坐在書桌前的范翎，厚大的手掌在她柔嫩豐腴的臂膀上輕撫，輕而緩而柔而細緻地，用唇邊下顎的髭觸吻她香汗滾溢的頸脖，再以舌尖舌周舔吻吸吮她的耳根耳後耳垂，而另一隻手已伸入她單薄的背心內，從肚臍周圍從腹肌間向上揉撫向上跳觸向上挑揉向上……，迴旋地按摩撫揉山丘火口以在瞬間引爆熾烈的岩漿引爆，是的是血脈已激迸火烈地燃燒燃燒，燃燒稿紙燃燒展翅的候鳥未待高飛即成灰燼消散碎裂飄離，從她眼中心中腦中飄離遠去，哦！不——！是化成一隻火鳥撲衝竄入燒盡她的肉骨血脈，是那泉湧的思緒嗎？哦！再也無法遏止的崩洩，崩洩成爆裂的火石遍燒的熱已滾湧灼淌進全身每一細胞每一神經觸地跳躍起躍——；血在脈管膚肉內翻湧奔騰激迸倒流，倒翻的椅子倒在冷硬的地板上倒在紀威耳上懷內緊緊地交纏搓摩翻滾；翻過身來的紀威壓在她身上用粗黑濃密閃著晶瑩水珠的胸毛柔撫在她身上，在她眼瞳裡盡是發光的熱滲入體內侵入手掌手指快速地剝下他子彈型內褲以燃起一把火炬，引爆地雷炸遍全部肉身炸遍最底層最深沉的爆裂，炸毀往下炸毀往下炸碎全世界的人的內在的原形的一切都將爆毀碎裂，嗯！啊——！哦——！不——！她迅即傾全身之力翻了個身，騎在他身上壓在這個男人身上迫使他血汗精力盡洩盡失，迫使他完全的狂熱的奉獻；對的，自己是從不在下，是永遠都高高在上，都熾烈的奪取揮令，熾烈的征服一切征服所有的有形與無形，這樣緊緊地熾烈地舔嚐著，舔嚐著勝利的滋味，緊緊地掌握緊緊地綰住生命全部的情思慾念血肉形體心魂緊緊地綰住，緊迫地等待等待冷冷地觀賞這男人的熱洩盡之後燒毀之後如何如何成為一具乾枯碎裂而美麗絕倫的焦屍。

＊　＊　＊

「不要再說了！」六隻激迸的眼珠向我逼射摧擊。

「范翎曾對我說，她愛紀威，也愛她的公婆。」

我，該如何述說？不能——?!只有用全身的氣力擠迸出：「難道你們不能就作品本身來討論嗎？」

「我該說的，早在五年前就說完了，唉！范翎，我最深摯的好友，早就死了！」

「有誰能真正了解范翎？或許她根本沒有死?!」

「不！她死了，因為她的死，使刊載她作品的本報，一時間洛陽紙貴起來。」

「請你們重視讀者知的權利，所以請告訴我，范翎的死究竟對現代女性尋求一片自我的天空，有什麼影響？」

「請注意，你們無權宣告范翎的死！」我憤怒地用力拍桌，杯內的茶水也因而噴濺溢出。

「這不是妳所想要的嗎？」杜潔用茶巾擦拭桌上的水漬後，長髮往後一甩說：「宣告死亡只是方式之一，但真相到底是什麼？是這份稿件嗎？唉！真相的背後，只是一種莫名的荒謬，荒謬之後，又是另一種莫名的真實！」

「就某方面而言，它必須真實。在報刊發表之後，能喚起大多數人共同的情感與認知，省思我們周遭的問題，諸如婚姻、情感、焦慮、暴力、性與死亡等等。」

「我要知道結局！知道故事整個的脈絡，高潮的起伏點，人性的掙扎、真愛與痛苦，一窺小說的全貌，享受閱讀的快感，做為一個讀者，我有權利！」

到底什麼是權利？當愈接近問題的核心時，我緊咬著濾嘴深吸一口煙，冷汗自掌心冒出，惴然中不知此來的目的為何？我不是比誰都想認清這個范翎嗎？

「這份稿件是否為范翎親筆？有否假他人之手？或附有眾人的穿鑿紛紜？若真實性已確定，我就可立刻去發稿了。」

「這確是她的筆跡，至於其他的，我不能……！」

「那麼范翎真的是死了，她是自殺的！是……！」

「不！不是的！這不是范翎，不是現在——！」我再也禁不住地升起一種繁複盾結雜亂的說辯之情，為范翎。

不是?!假設——，其結果為不是，又該怎麼辨？那麼閱讀這篇作品的方式就絕不只一種了。

「關於死亡，除了跳河自殺之外，是否有被推落水的謀殺可能？或更有其他可能的方式？」黃翠芳皺緊眉頭說。

閱讀——？死亡——？

死亡的方式與閱讀的方式之間，如果是畫上一個等號的話，其結果會如何？萬一它們彼此間是一個「≠」呢？那麼文字、稿紙，「我們」的語言在哪裡？我們所述說探論的又是什麼？一定要關於生死嗎？生命、虛無、存在、荒謬、死亡，這種種纏結的慾求，已在喘息中逐漸呼出。

如是，則在生的慾望與死的慾望之間，強力互拉地——，尚有一種讓大家都迷陷其中且不曾忽略，那原始深植的性慾，這種原型呈現，在此份稿件前面，已有一些隱喻象徵的描寫，譬如那一場夢吧！即可用佛洛伊德的學說來解析，這樣我們又能以心理學的方式重新審閱這篇作品。

當大家都在為「方式」而傷腦筋時，偶而我必須回過頭，注意看看紀威到底來了沒有？

「另一個問題是，范翎怎麼會嫁給性格與她差距甚大的紀威？跟她的娘家有關嗎？」黃翠芳端起頭嚴正地說。

「一個穩定正常的家，和滿足……！寫作，不也是一種昇華嗎？」顯然杜潔又犯了不知所云的毛病。

是這樣的嗎？……！面前范翎的原稿，已如一組模糊的血肉，從深底挖掘出的，那大腸、小腸、盲腸，胃與心與肺與……，一堆黏連纏繞，混合黃褐灰褐乳白雜裂膿狀的穢物，嗯——，吐成為一行行字句，黏附於稿紙上。

「簡直看不下去了嘛！杜潔，妳直接告訴我，後來情節的發展究竟如何？」黃翠芳失望不悅地說。

「這……，唉！在那些日子裡，我們一起上課、讀書、寫作，去關渡河口邊看候鳥；在千層白雲堆裡，凝視著皓皓藍天，等待遠方那隻裡海燕鷗，即使不是屬於候鳥的季節，她依然癡癡相信著，而我只能告訴她：『當候鳥不再是候鳥時，同時屬於候鳥的生命就消失了！』此後，這一句話不知她何時能明白，什麼時候才能再記起？」

三

「什麼時候……？有空，再一起去看候鳥，等待那一隻裡海燕鷗的歸返，今年的候鳥季又到了！」

「看看吧！看什麼時候有空。」范翎一邊翻著書，一手拿著話筒說。

「今天不行嗎？」

「不行吔！今天我要在家裡煮飯，再說……。」

「再說那已經成為過去了，妳不再需要那隻候鳥，它也不一定需要這個地方，即使飛回也不再是原來的了！」

「是嗎？會回來的就該回來，會留下的也當留下。」

「我不知道，但我會在淡水，若妳想到就過來吧！」

范翎正掛上話筒時，一陣火車駛過的聲音，穿過耳膜，進入顱內、下視丘，在腦神經網絡間盤旋，使她的身子如風般疾速地奔躍出門，向前瞻望又顧盼，卻沒有火車的影子，這才發現火車已飛馳而去，駛過很遠很遠了；而鐵軌是如此如此的緜長，載負著撼動心腑的聲響，激震著她的神經耳膜，遙遠而無盡地摧擊，那影像那聲音，像鐵軌一樣長，像碰碰鏘鏘震動地底巨石的那聲音那聲音……。

「妳是妓女是不？這麼暗轉來？賺多少？拿多少？拿出來！」頂著暴雨濕淋淋的一進門，見阿爸正與他那群兄弟們飲酒吆喝，那刺耳的怒吼穿入撕裂一個國中女生的心腑腦肺，再也無法挺直靜立，揹著一袋未賣完的枝仔冰直衝奔進廁所，丟卸甩盡脫光脫衣服脫盡脫……！哦！不——！！

「啪」的一聲：「妳飼的什麼查某仔，只知曉讀死冊！」阿爸突然放下筷子一舉手將阿母打倒在地上，椅子翻了餐桌翻了飯菜翻了，阿母翻滾著滿臉的淚水在牆角陰暗潮濕的角落蜷縮著，自己在另一角落蜷縮著繼續地看書，要考第一名從小就是第一，永遠的唯一是最好最美最皎潔最亮麗的，永遠得第一，是一朵白蓮挺立在污池的汙泥中，一枝獨秀艷冠群芳美而白，白而美而亮而……，哦！好美——！

甲級流氓的大哥終於回來了，一家人歡歡喜喜熱熱鬧鬧的吃除夕的團圓飯，一個人冷冷的坐在一角靜靜的看書靜靜的進入周敦頤的〈愛蓮說〉，冷冷的觀賞靜靜的摘取，父兄爆裂飲酒划拳的聲音再大再高再洶湧，無動於衷，但滿面笑容的大哥嘻嘻地對著全家對著阿爸說：「阿爸啊！小妹生的白嫩白嫩，我看我帶她去做個小生意，聽說『春花閣』欠小姐，開苞價一喊就是兩、三萬！」哈哈哈……，錢錢錢錢……，鈔票就是書頁一樣的厚，就是書包一樣的重要，哈哈……！冷冷的緩緩的走出家門緊抱著書在暗巷中的街燈下靜靜的閱讀，看啊！那朵皎潔的白蓮，在遠近中渺然飄離，在迷晃的空霧裡蘄露芬芳，哦！好美——！

某日清晨六點，讀了一整夜的書直到四點多才倚在床頭闔眼，但一聲布簾被扯裂的哀響震起……！是大哥狂暴地衝入自己與離家的姊姊們的臥房，用力抓住自己瘦細的腕骨，用火爆血紅的瞳珠猙獰地說：「我跟妳老實講，查某人讀冊沒路用！還不是給男人騎！衣衫一脫光，管妳是識字不識字，走，跟我走！」被強拉到大門口趁大哥發動機車時，火速地奔逃，頭也不回的，用超出生命精力的氣息跑跑跑……，直到在某條巷子被石塊絆倒後，才又立刻爬起以較慢的腳步跑走著，走到青年公園內陽光已高照已不知是什麼時辰，管他的只一個勁兒地衝入馬場跳上一匹高大的駿馬，騎著夾緊地騎著不停地用馬鞭抽打馬身，而自己是指揮者，是高高在上，是將軍，是元帥，騎著駿馬命令一切讓一切狂馳在風沙翻飛中奔躍疾馳，鞭打這畜生讓它強烈狂躍奔跑，而自己已然成為世界最絕高的揮令者。

很少回家，自那次後，經常睡在同學家一同看書，或躲進圖書館內，或坐臥於公園的街燈下，但是依然會盡力幫阿母賣枝仔冰、糖葫蘆；而骨瘦如柴滿臉痕紋的阿母繼續幫人洗衣，兼賣米粉湯、蚵仔麵線，那阿爸繼續豪賭繼續在酒醉時或不醉中都狂怒地打罵阿母，至於二哥已跟大哥一塊走了，五年前離家失蹤的二姊依舊音訊杳然，大姐還在風塵中遍度春光吧！十四歲的小弟呢？已學會兼差做拉皮條生意了。這天，正幫忙洗著衣服時，阿母嘆了一口氣說：「阿玲啊！阿母到這款地步，已沒法度了，妳好心去找個卡有錢的嫁，才能出頭天！」從小學一年級開始，就在華西街、廣州街、西園路一帶叫賣枝仔冰、糖葫蘆，或賣烤香腸，無論是颱風來時或暴雨傾落下，總形單影隻地在這些雜街暗巷中穿梭，但知道總有一天，自己要超越這一切，要高貴聖潔如白蓮一朵，要展翅飛出這片沼澤地，高高飛入天際雲端，於是把原名「范玲」自改稱為「范翎」，因為自己是一隻任意翺翔高入峰嶺的飛鳥。

放榜日，整片天都是紅的，像血一般紅的喜氣到處充塞著；大地的鮮血奔流著，天空的光熱激射著，全是為了自己而佈置，為了自己考上五專第一志願的榜首，哦！無人能敵啊！歡喜跳躍地走回家，在廣州街的路上，見一群人團團圍在一起指指點點的叫嚷呼喊著，是歡騰聲？是為自己的勝利而祝賀而歡呼的嗎？趕緊走入人堆裡，因為自己才是威風無比受眾人高捧讓所有的人俯首歡呼使萬人矚目的冠軍正主兒；但擠入裡面後看到一灘未乾的血，仍汩汩流淌在這條死巷暗角邊，血灘上直躺著一具被亂刀砍殺而死的男人屍體，在血肉橫裂血跡模糊中仍依稀認得這男屍的臉孔與身形，確實是自己最強悍的大哥沒錯。強悍的大哥啊！連小妹這點受群體矚目眾人歡呼的狂喜你也要掠奪嗎？你不會得逞的！僅僅看了一眼後，走出人堆繼續歡喜跳躍地奔回家，繼續享受這血紅的耀眼的刺目的紅光喜氣的祝賀喜悅地沉浸在勝利的滋味中。

五專的日子裡，幾乎全在外半工半讀，或遊蕩混跡，或與同學或與他校男生或與社會人士交際玩樂一番，但總不忘讀書，也每回都拿得全校第一名，更是鋒頭健拔的名女生，而家，始終在迷迷濛濛闃黑暗沉的重霧下漂浮盪漾。但那一朵皎潔的白蓮，依然挺立散發光芒；那隻籠中的鳥兒羽翼漸豐，正展翅高飛衝入雲霄，管他黑夜白天。

又是一個重霧裡的深夜，紀威用溫柔的口吻跪求著說：「嫁給我吧！」是……！是的，一百萬聘金，阿爸啊！大家樂的賭債清了吧?!

那條鐵軌在記憶的影像中繼續而緜長地一直走……。

一列火車再次駛過，仰首放眼四周，霞紅遍灑天空，屬於黃昏的台北，街道上霓彩迸射，人車喧囂在光影恍雜間；而范翎碎步走在漫天煙塵裡，一甩頭將一切都散盡吧！至於這片霞紅呢？或在天界山際吧！亦或，在溪水？但一切已全變了，北淡線的火車早已停駛，停止在夕陽沉落裡，在夜的黑幕籠罩下遺忘，包括杜潔，一切都忘了吧！

當范翎醒思到該回家時，星宿早已高掛滿天。時鐘在客廳大門對面的壁柱上，時針對著十分針指著六，紀威與公婆都雙目專注也沉遊於電視中，她立刻在門口，故作一臉惶然地說：「對不起，有點事，一下忘了時間，所以回來晚了，罰我等下煮宵夜給大家吃好了！」

公婆忽地大笑起來，對著電視機裡的短劇；紀威眺她一眼後，把腿翹在桌几上，繼續對著電視機吃吃地笑；而范翎無趣地換上拖鞋時，桌上的電話乍然響起，紀威順手接聽後，低下頭，眼睛仍望著電視，一手卻拿著話筒朝向范翎說：「喏！妳的電話。」

「妳終究是沒來！忘了嗎？」

「不！我來過了！只是妳不知道！」

「是嗎？妳現在可成了小說家，專注於發展小說中的故事情節，專注地獨愛自己，一心地神遊其中。」

「沒錯，但我的故事裡有妳。」

「哦！但那是小說中的杜潔，而非妳的杜潔或我的杜潔。怎麼？妳那篇〈候鳥之死〉該寫好了吧?!」

「還沒，我不知最後的發展該如何？妳想呢？」

「或許妳必須從自己裡面走出來，從自我內在挖掘。嗯！不談這些，最近有跟徐浩聯絡嗎？妳跟他……，哦！聽說他又有緋聞了！」

「哦！我們大家都是好朋友嘛？總當彼此關心一下，不過我最近實在太忙，又不懂怎麼管別人家的是是非非，所以我真的不太清楚，這，妳應該比我清楚的嘛?!」

「是嗎？或者因為時過境遷，在當前的時候，某些曾經的情誼，曾有的火花，都已不重要不再彼此需要了！」

「……，哦！對不起，我剛到家，若沒別的事，我們改天再聊吧！」

掛上電話，她一個箭步衝進浴室，半蹲立於馬桶前，淅瀝之聲急湧奔流後，一手抓著褲頭，一手從後面的抽水蓋上，抽出幾張衛生紙，擦拭下……，突然猛地想起，怎麼……？早已過了十多天，這個月的MC，還沒來……？

＊　＊　＊

「范翎一定是懷孕了，沒錯！」黃翠芳堅信地點頭。

「我早就說過，叫她小心一點，她還蠻不在乎，一副頗行的樣子，唉！若依她的個性，真會把孩子拿掉！」

「那怎麼行！生兒育女本就是妳們女人的天職。」

他們的范翎會如何做，我不知道，但人是會改變的，唯一不變的只有時間，在自然的規律下往前移，所有的事態也都必在時間的移動裡轉變，轉變——！而那些昨日所堅持的，到今天可能只成為一項愚行。

「你們根本不了解范翎，人是會改變，火鳥也必在浴火燃燒之後獲得重生，這是范翎自己都無法掌握的。」我悲憤而戚然地說。

「范翎的丈夫與公婆若知道她懷孕了，一定很興奮，況且她不是常說很愛丈夫與公婆嗎？而孕育生命對女人來說可是件必經的大事，這樣她的內心掙扎就很艱困了！」

無可置疑地，小說情節推展至此，就是范翎生死的關鍵，更是我們此來的目的，探求范翎是否在五年前就死了？若是死了，則死因如何？誰才是真正的兇手？跟在此的某些人有關嗎？而這裡的每一個人，我相信可能都知道某一部份的秘密。

我再度回頭看看紀威來了沒有？

但此時我卻只能翻著稿紙，面對著大家說：「我們把小說看到這種地步，已可以預測，范翎是非死不可了！」

我無奈的將面容拉長，對面徐浩的臉卻靦腆起來，吱唔地說：「我……，知道原因是什麼？你們忘了這篇小說的另一個男主角徐浩，因為范翎懷的孩子是徐浩的，而她真正愛的也是徐浩，但是，她不能……！」

「不可能，按照小說本文的推斷，並沒有這種暗示，而且就他們的關係時序來講也不對！」我指著稿紙極力辯解地說。

「其實，這是個不得已而偷情的秘密，所以她必須拿掉孩子，但卻在手術過程中，大量出血死亡！」

「哈哈哈……！如果是徐浩這個男人，那是不可能的，因為徐浩對她而言，已毫無價值了！所以真實情況是在出事的當天，她在痛苦矛盾中與我通電話，所以相約重新再到淡水去看候鳥，不料我人還未到，她竟已失足掉進淡水河裡了！」

「根據報章雜誌及各種資料顯示，這位我所崇仰的女作家，竟在厄運連連又逢創作瓶頸下屢遭退稿，小說作品一再被誤解，在不得共鳴的鬱悶情緒下，騎車狂奔出去時，出了車禍！」

這種種說法，使我的嘴角不禁斜上一笑：「我們為什麼不從小說的結局中去尋找答案呢？」

黃翠芳不以為然地搖頭說：「現在看這稿件嗎？恐怕發表後又不一樣了！你們

可知這會在哪裡發表嗎？」

「大概很難發表喔！這種小說，我早就叫她少寫，現在的副刊要的是簡短有力而能速食，精簡震撼而具有感官刺激的渲染力，當然最好更要有時效性，關懷一下當前的社會與政治，在寫實的男女兩性關係描寫上，情節必須動人心腑緊扣心弦，廣泛引起大眾共鳴與迴響的驚人小說。」

「沒錯，嗯！社會性，寫實動人，這點很重要，所以我現在編的是社會版，看看或許能在我那個版面登出。」

「那真是太好了！」黃翠芳拍手興奮地說。

繼續，我們在稿件第五十八頁看到：

「你忘了我們婚前的約定。」

「不錯，我是答應妳五年後，等妳功成名就時再考慮有孩子，但現在妳懷孕了，他，總是一個生命，我的骨肉啊！」

「不行，我不要，我現在還不能有孩子！」

不行？哦！稿紙上躍動的文字已跳入心肺，我該怎麼辦？怎麼解決這一切呢？

急欲看到結局的我們，已跳過一段敘述性文字，而在第五十九頁最後一行，有一段范翎用粗黑簽字筆寫的：

——如果你愛一隻候鳥，切不要用任何網子去捕殺它

翻一頁過去。

就讓它隨季節的變化而遷徙吧！因為當候鳥不再是候鳥時，屬於候鳥的生命就消失了。——

四

范翎揹起裝滿書的背包，在紀威的怒瞪下衝門而出。

跨上機車向前奔馳而去，這時才發現，方才天空尚有一方白，世界的光明全迎向著她，怎麼這會兒卻全暗了？天地披上了層層厚重的黑幕，很深很沉的黑……！

公寓與樓房，車子與行人，市招與霓虹燈，所有的影像在這一路上，錯綜交疊著，在她眼瞳裡飄呀飄地，紅燈、綠燈、街燈、霓虹燈，結集在一塊晃搖著，彷彿全失了重心，經不得輕輕一捏，就要在瞬間消散，幻變成一種莫名的，不存在的異

形物體，是自己這個人不存在於這現象界之中？抑或這現象根本就不存在？全然的陌生，陌生的自己與陌生的世界，在喧鬧的暗夜中冷冷的纏結著，進行著一種屬於黑與白的，屬於冰與熱的，屬於最自然獸慾與最聖潔燦麗的——，那絕美而淒涼的詭密交媾，是一切已凍結嗎？凍結在滾熱的火岩深底最陰沉的一角，等待著狂流紅火延燒激迸灑盡那冰冷銳拔的岩石，等待著是當洪暴狂捲時，是一陣陣，冷，風刮起——；一切卻又是如此的熟悉，熟悉到脈絡分明條理清晰，熟悉到微微細細點點孢囊絲絲菌胞顯明突兀地在你體內竄入竄出，是的，是熟悉的自己與熟悉的世界熟悉的暗影與熟悉的黑霧。如此，沉重——，黑，這種熟悉直可把你逼入到一種無可解的深處，哦！血脈要沸騰要衝拔要弩張要對決！熱，汗正淋漓，揮灑之間即將飛躍入……，在天堂或地獄？不！是一個N次元的世界吧！

天，下一陣雨吧！是否？可將凝聚周遭的烏塵打落?!而嗅到一點點帶有泥土味的一絲絲清香氣息，不！不在地底不在土堆，是躍升，是生命脈動的大躍進，是願那沁涼之意把所有靈魂一切肉體的精髓盡意提升，飛入高空，飄飄冉冉間與地面遠離，與星辰同閃爍，與月光爭輝，向明晨的朝陽作決死的挑戰，證明究竟誰為世界的霸主，哈哈哈……！沒有任何人任何事能以阻擋！但是，這個時刻，莫非黑已全然籠罩，夜已揮之不去？不！是——，是滿佈的悶塞氣流，靜靜地散透無形無味的毒素，沒錯，是暗夜魔掌下蘊生的毒素，只在不小心吸入一口時，就侵入喉管侵入肺臟侵入骨肉侵入——，腹內！是——，在，自，己，體，內，子，宮，中，滋，長，孕，育，這一團血肉一個精靈一個生命一個鬼魅一個自己創作的結晶，即將成長成形成為有手有腳，足可撲抓掠取自己正光明似錦的前途，奪走一切理想抱負希望，一切努力都將化成荒蕪一片，成為黯淡空茫——，是這個受精卵這塊骨血，要用血的融合力量一口口地咬蝕自己生命沸騰的熱度燦爛的景致，一步步地毀滅扯斷自己強硬堅壯的一雙翅膀，再無法展翅高飛自由翱翔在天際嶺峰，在雲端之上傲然俯視人群萬物，哼！別得意，你，必須死！我必須持刀狠狠刮去斷除這一切阻礙光明的陰謀詭計，殺——，即使斲傷了肉身，敗亡了骨血，也要以僅餘的氣力衝向高天艷陽做造極登峰的王者，贏得最終最上的勝利！要——，快，加足了馬力，往前衝，直奔大道。

駛過萬華，熟悉的亂街暗巷中，是林林立立熟悉陰穢的婦產科招牌，立刻隨意奔進一間診所內，向醫生說明來意後，等待躺上手術檯，做一場生命與死亡的決戰；而此時腦海卻浮現兒時光景，那被強制脅迫的童年掙扎，周遭，那被賣來賣去殺來砍去的孩子們無奈的哭喊，生命，真是如此悲苦嗎？那又何須來走一遭？死吧！一個人要擁有一雙翅膀自由地遨遊天地是很難很難的！但，立即又映入眼簾的是一位剛從手術室走出來，打扮得花枝招展的隔壁茶室的女人，之後，護士叫了范翎的名字，她卻撲向洗手枱嘔吐出一堆穢物，嘔吐出那女人的背影，再緩緩躺上手術檯，當內褲褪下雙腳弓地撐開時，一陣噁心又從胃內翻湧而上，難道自己竟跟那污穢骯髒鄙陋的女人一樣嗎？是一個兇手、一個殺伐者、一個無感無知無覺無情的人?!不——！自己是善良的，是慈悲憐憫寬厚包容熱愛世界熱愛生命的，是一個光明的美麗聖者，像一朵皎白蓮花，在污泥中不染一絲塵埃；更是這個小生命的創造者，是熾烈焚燒後最完美的作品，如何能去扼殺呢？拉上褲子衝出大門，再度跨上機車飛馳而去。

回到家後，一波波盈盈翻滾的淚水，沖散所有光影物態，模糊遠近中那未來的一切，正在腦內眼目中交織碰撞著，是奶瓶、奶粉、尿布、哭聲、吵鬧聲……，哦！霞紅天際的夢碎裂，現實緊緊制囿著，向她喉管捏掐、撲抓！

嘩啦啦的水聲後，她關上龍頭，將半個頭浸於洗臉池內，再抬起頭照鏡時，臉龐依舊留下紀威一巴掌一塊塊的浮腫紅印，與黏滯臉上的斑斑淚跡。而夜已深沉，紀威僵躺著，所有聲音都消散，生命這般靜止，靜止在陌生寒冷中，冷——，清清地，無際廣闊遼遠。沉想中，竟懵然失迷地，走入這靜夜，再無法阻礙呀！把溼黏的面容風乾。

她用力發動機車，急馳在空曠黑沉的馬路上，身子好似輕飄飛起，穿透一切，一切黑夜裡粗壯聳長的電線桿與昏影明滅的街燈。風，冷，靜，黑，驅逐著擺盪的心弦，啊！究竟誰有權決定誰的命運呢？萬般難測！迷晃不清，前面有什麼？向前衝吧！衝越一切橫逆一切障礙物，不會再有任何堅固強大的車形物體啊！直直穿透——！

＊　＊　＊

「我的好友，她死了！」

「被一輛卡車撞死的。」

「所有的愛與慾都不存在了！」

「不！我不相信，她沒有死，事實上是，沒死。別忘了，人跟環境，現實與理想，不是只有戰勝或屈服，在某些時候，是可以平衡的，就好像一個翹翹板……！」

「妳無權說話，妳只負責拿稿件來此，而我們才是看小說的人！」一群無聊男女，竟一齊交雜地發出這吼聲。

「不是的，我要澄清……。」我以顫抖的手點燃一根雙喜牌香煙。

「我跟范翎是閨中密友，妳能有我了解她嗎？」

「我跟她之間是……，這，妳有我清楚嗎？」

「只有我，是不了解范翎，但我研讀過她所有作品，有我做一個讀者的喜好與看法，而這篇小說看來……。」

「別談小說！范翎，那隻候鳥，早已不存在了，不在這裡！」這是我說的話嗎？分不清啊！右手覆掩著上額。

黃翠芳突然用生硬的手指著我：「對這篇小說，我要表達我強烈的失望感。雖然我並未進入范翎的生活，也搞不清你們那些矛盾的情結，複雜的關係，但是我想知道，范翎的小說原稿為什麼是由妳帶來，妳究竟是……？」

是……，這……，混亂中，我已渾然不知這篇作品裡，所有的陳述與爭論，到底呈現了什麼意義？再無能述說什麼的我，唯一能夠的動作，就是把這份稿件的頭一頁撕下，（當然，其後的每一張也都可撕下，分與所有的閱讀者。）而裁成一張正方形紙，摺疊出這樣形狀的鳥：

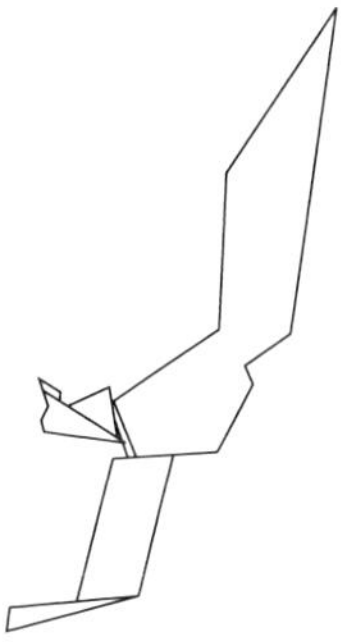

至於這隻鳥到底是不是「候鳥之死」裡的那隻鳥，不得而知！但你絕對可以正看、斜看、倒看、或根本不看。

我拿起這隻姑且為候鳥的鳥，試著讓它飛翔，咻的一聲擲過去，飛往櫃台方向，而這時在櫃台前卻出現一個男人，剎那間，他竟魯莽地與我的鳥相撞，使我雙眼直冒金星，於游離閃動中形成種種——△、☆、※、◎、●，諸如此類的符號，倏地抖落滿地！

那男人彷彿毫無所感，急喘中呼出一口氣，對著櫃台內的小姐，只顧慌張地問：「對不起！請問，哦！我來找我老婆，她叫……！」

「七十九年五月三十二日定稿，據說作者不詳，但於諸君五十分鐘閱畢後死亡！或亦可能重生，然秘密待解……?!」

（幼獅文藝）

殘夢

A

一團巨大的黑影向我逼來，夾雜著起起落落的笑聲、哭聲，後退——後退，可是，沒有路沒有天沒有地，黑壓壓的一片，在體內體外周旋，那黑影即刻又化成大大小小無數個人影，熟悉而又陌生。他們伸出手指向我，我拚命的逃，摀著耳朵、眼睛，多麼想伸出手抓住一些什麼；然而，空盪盪的。揮手抵抗吧！走——走開，哦！拼命的喘息著，我的手、眼睛、鼻子……所有的感官竟逐漸從身體脫離、支解、消失。哦！不，永華，永華，你在哪裡……

猛然從床上坐起來時，涔涔流下的是滿身的冷汗，揩了揩額頭，聽到小英的哭聲，趕緊爬到嬰兒床邊，將她抱在懷裡，大概是吃奶的時間到了；看看時鐘，夜裡兩點，永華還沒回來，偌大的臥房，只有自己跟一個月大的小英。去沖奶時，家人都已熟睡，除了小英持續的哭聲，一切是靜止的。

跟永華在一起七年了，五年前我們買下這兩層樓別墅，他說用我的名字買，我付的頭期款，而今他貸款尚未付完，卻已不知人在哪裡。難道他們說的是真的，他真的會離開我嗎？不，不會的，我為他付出的不僅是青春，而是整個生命，他不會棄我於不顧的，他是愛我的。

「依雯，如果沒有妳，我真不知道該怎麼辦？」他捧著我的頭說。

「讓我為你生個孩子吧！」

「我們不適合，有了孩子將來報戶口怎麼辦？況且妳不是跟小玲小莉處得滿好的嗎？」

「永華，我需要一個孩子！」

小英的來到，是我多年的期盼，雖然是個女兒，我知道永華是失望的，但他跟我在一起絕不是為了能有個兒子。我們是相愛的，愛有什麼錯呢？我幫助他的事業，照顧他的家庭，一心一意地愛他，而永華確實是個難得的男人，無論是外表、才幹、地位，憑我的條件，真能找到比他更好的嗎？我不在乎別人怎麼說，不管現在外面的謠傳，我相信我們會好的。

緊緊擁著小英，拍著撫著。望著那厚厚的牆壁，眼睛穿透過去，在上下樓間悠遊，但始終沒有人影，無聲無息，就這樣，直到東方吐白。

B

我愛永華七年，沒有人知道。為了他，拒絕了多少男人；任歲月流去，青春不再，我始終在等待。在公司裡，他是高高在上的總經理，他跟章依雯的事，也在我剛到公司時，就已傳得滿天飛。七年來，以為只能遠遠地祝福他，看著他，即使他從沒真正看過我一眼，我依然關心他的生活，包括他跟章依雯的事，直到大家都已接受了他們，但我呢？誰能了解？

一旦感情要發生，又有什麼對錯好說呢？豈是外人能用眼光去衡量的？人，終是逃不過這個漩渦，但旁人總喜歡看到別人掉下去，然後再品頭論足一番，用所謂道德的標準去評估一切。但道德是什麼呢？不過是大家都這麼說罷了，也許說的人暗地裡做了更多不道德的事。我想我是能夠體諒他跟章依雯的，但他們真能永遠嗎？啊！那內在潛動的激情不時困擾著我，聽到一些人在說——

「聽說楊總跟章依雯有了變化，最近看楊總心事重重的，兩人也沒從前那麼親密了。」

「誰叫章依雯要懷孕，男人哪耐得住喲！」

「就算她沒懷孕也很難說啊！每天吃同樣一盤菜總會膩的。」

「憑我們楊總的條件，哪是章依雯能拴得住的，作孽哦！」

我的心起了絲絲惆悵，層層擔憂，未幾又串起陣陣漣漪，聚合成片片花朵，綻放在我的心房，屬於春天，遙遠而深刻的。

那天，進了永華辦公室，看到他眉頭深鎖，多麼想進入他的心，替他分擔一切。靜靜注視良久，待他抬頭時，小心翼翼地開口：

「總經理，這份企劃案已經擬好，麻煩您看一下，並給我一些指正。」

「喔！這份企劃很重要，我要另外找個時間跟妳研究一下。」

那些天裡，工作的關係增加了我們相處的機會，不！是我苦心經營起來的機會。我努力地蒐集所有資料跟他討論，聽他的意見，看他的臉上漸漸展露笑容，那是我和他的，共有的成就。共處的時光，我們……加班完了，他就開車送我回去，他說：

「采晴，到現在才發現妳是既溫柔又能幹，從前總覺得妳做事慢半拍，不夠進取，現在我……」

「還來得及啊！我又沒離開公司。」

「等這個案子結束，我要好好酬謝妳，這陣子妳太辛苦了。」車停了下來，他把手搭在我肩上。

「我不在乎，我……」

昏暗中只見他眼眸閃現光芒，直射得我內心悸動，他的身子慢慢移了過來，我期盼著。三十多歲的女人，多少個夜晚，內心翻攪著的，只有夢中，只獨自在床上；身軀的扭動，澎湃著呼吸與心跳的起落。現在他在我面前，他的眼眸、呼吸、心跳，我沉醉地閉上眼，等待他的唇，他的吻，他的……

C

哼！楊永華這個男人，我已經看透他了，那些迷他的女人，全是些笨蛋！他是個不折不扣的現代沙豬，以為一切都理所當然要在他的控制掌握之下，尤其是女人。人家以為是他拋棄了我，其實我早就受不了他；我有我獨立的思想、感情，他卻要我按照他的方式去做，要我整天待在家裡，他一回到家就像個皇帝似的，好在七年前我就離開他了，管他現在跟哪個女人在一起，不過是我用過不要的男人。

可是，畢竟是我丈夫，這個面子絕對是拉不下來的。像我這樣條件的妻子，他竟然……即使感情不再，也不會成全他跟章依雯的，這個既笨又蠢的女人，她永遠不會有名分，因為那晚——

「警察先生，就是這個房間。」我得到確實消息，帶了派出所的警員，到忠孝東路××賓館。

第二天，報上登出一則消息：「……××公司主管之妻會同警方到旅館……，元配已決定向法院提出妨害家庭告訴。」

我不想挽回什麼，這場官司自然是不了了之。但他跟章依雯是不可能有結果的，他們若是結婚，一年內我就可向法院撤銷他們的婚姻關係。

偶爾我坐在咖啡廳，看著外面的人行道，年輕時候的記憶總會浮起，只是感情又是什麼？所謂海枯石爛，不過是小說中的名詞，耐不住現實生活的磨蝕。在現代，講究的是個人主義；強調的是每一個生命的方向都有價值，都必須受到尊重。然而無可否認的，我們曾經相愛過，曾經海誓山盟。那時，我是眾星拱月之下的校花，他是鋒頭最健的代聯會主席，於是，他在眾多追逐者中脫穎而出；我們互相被對方的網所攫住。像一般才子佳人的故事，他當完兵後我們就步上了紅毯，沒多久兩個孩子相繼出世，但我真能為這個家放棄原有的理想嗎？現代女性是不能滿足於主持家務這一件事的，我要出去工作，他應該了解的，然而他卻說：

「妳看看現在幾點？都十一點了才回來。」

「這也是沒辦法的，當初你也答應，甚至在結婚前我們就講好的。」

「那是婚前，你現在是妻子，是母親，一個女人結了婚本來就該在家照顧孩子，等老公回家。」

「原來你從前都是騙我的，我方亞慧豈是你煮飯、洗衣、生孩子的工具！況且你也是一天到晚應酬，經常躺在我床邊的，只是一具疲憊的行屍。」

「妳明天就把工作辭了，在家帶孩子。」

「你什麼意思？你尊重過我的想法嗎？我現在才知道，我的功用不過是滿足你的優越感。」

從那時起，我們開始分房睡。這就是他的愛，我的情嗎？愛，是互相尊重，我尊重他的事業，為什麼他不能尊重我的理想呢？

一切都已遙遠了，只是苦了兩個孩子。媽媽是愛你們的，時時刻刻，你們要聽爸爸和阿姨的話，也許阿姨更適合照顧你們，我是個獨立的女性，只能這樣告訴自己：「孩子的生命就讓他們自己去銓釋吧！」

D

我從來沒有欺騙任何一個女人，無論是亞慧、依雯或采晴，我對她們的愛都是真誠的，誰規定一個男人一生只能愛一個女人？在這個時代裡，既然沒有一個人能完全屬於另一個人，那麼當感情發生時，誰又能保證什麼呢？在那光芒閃現交會時，的的確確是真實的，感覺是真誠的，誰能了解呢？我不是聖人，只是個正常的男人。

婚姻的失敗並不是我一個人造成的，跟亞慧有太多刻骨銘心的美好時光，我何曾割捨得下？為了她，我同意不跟父母同住；為了這個家，辛辛苦苦地在外面工作、競爭，每天承受多少的壓力，回到家裡面對的卻是另一張疲憊的臉。亞慧外向而好強，我不是不讓她去工作，剛開始還好，但是慢慢的，工作的成就感變得直接而刺激，她整個人都被包圍住；不到幾年，職位不斷昇高，薪水的數字突飛猛進，事業讓她展現潛在的生命動力，可是我呢？我這個丈夫算什麼？我也有自尊阿！但你知道我那美麗動人，而又能幹的妻子怎麼說呢？

——你有自尊，難道我沒有嗎？憑什麼女人一定要靠男人養，現在是女男平等的社會。

也許我們根本不適合，在不停地互相抗爭中，我已經身心俱裂。就在此時，我遇到了依雯，她是個善良溫柔而又賢慧的女人，在一次應酬中認識，我把她找來做我的秘書，她替我分擔了一切，進入我的心靈中。在生活裡，我和她是如此緊緊相依著，尤其在亞慧出國的那段日子裡，她還替我照顧這個家，更令我再也不能缺少她。

我把自己完完整整地給了她七年，除了正式的婚姻，誰都看得出來，我對依雯簡直是掏心掏肺的；當然，她為我也犧牲得夠了。只是，當她開始想要一個孩子，開始不再工作而專心呆在家裡時，就漸漸離開了我的生活中心，加上她個性內向，有時候半天沒一個反應，我的感受怎麼樣？我需要的不是一個老媽子！而是個能跟我一同分享分擔的人。她沒變我沒變，那麼是什麼在變？我可不懂調整距離那一套。

在確定依雯懷孕後，她的性情有了變化，我不知道她在想些什麼？每個夜裡，我經常不知道自己是什麼？什麼都很遠了。不，我要！無法抑制的是內心那種可怕的持續的叫聲！

我必須再一次的提醒，我是一個人，一個正常的男人，而沒有一個男人能拒絕自己送上門來的女人，況且采晴是那麼嬌巧靈慧，善體人意，她居然對我這麼多年──我能不感動嗎？在那個月明星稀的夜晚，我深深地被她打動，彷彿又回到久遠的初戀情愫中，年輕時的激動再次如浪潮般洶湧，那，哪是壓抑二字就做得了主的？

該來的就讓它來吧！注定的誰也阻止不了，在情感與人性的領域裡，又有什麼對錯呢？我又何嘗願意負了任何一個？只是有誰知道，我在愛與慾中，在生活的波濤中掙扎的痛苦呢？

a

啊──不，不要！還我，還我──極度的驚喊中驀地醒來，在床上胡亂地搜尋，什麼都沒有，只有抱著枕頭，緊緊抱著。

夜空中明月孤獨地高掛著。不也有月圓時候嗎？為何今夜偏偏缺了一大半，懸吊在漆黑裡，什麼時候要跌下來都不知道。若真能託心明月，是否能捨我一些些的慰安，別這麼淒迷？為了永華，我揹負社會的指責和朋友的不諒解，連家人也搖頭嘆息。花了多少的努力，永華家人才接受我們在一起，難道這只是一個夢嗎？永華父母那酸溜溜的頤使——「我們年紀大了，燒菜別放太多鹽」；連他兩個小女兒也說：「妳不是我媽！」而永華呢？你在哪裡？

這不是真的！我不相信他們說的，認識采晴也好多年了，她是個善良的女孩子，怎麼會做出這種事？她跟永華——天啊，這是怎麼回事？這是現世報！

上帝，請告訴我，我到底犯了什麼罪？我是無辜的，無辜的——對！我還有小英，請你們看看這孩子吧！她更無辜啊！難道愛一個人也有錯？我們是相愛的呀！方亞慧，妳出來，妳說，我沒有破壞妳的家庭，搶妳的丈夫，是妳不要永華，是妳不管他的；我愛他，我替妳照顧這個家啊！

不！我不甘心，我不能離開永華，這些年的感情，這些年的付出、犧牲，就這樣付諸東流嗎？可是又能怎麼樣？畢竟我們不是——夫——妻，我們只是……多可笑啊！是夫妻又怎麼樣呢？婚姻、愛情，要怎麼分高下呢？

我把家裡打掃得一塵不染，做了一桌子的美味佳餚全是永華愛吃的。我靜靜地哄著小英，翹首等他回來。終於，晚上他十點到家，我細心地替他換上拖鞋，遞上熱毛巾，泡好茶。

「你最近應酬多，別太累了。餓不餓？要不要吃點宵夜？晚上的飯菜還沒動，我去替你熱一熱，很快。」

「我不是叫妳自己先吃嗎？妳這樣，我——」

看他愧疚地低下了頭，我知道他不會拋下我的，他還是心疼我的。曾經他為了追我，為了跟我在一起，也付出了相當代價，我相信我們都不會輕易放棄的，永華也不是那種人。夜裡，我倚在他的肩頭，好久沒這樣，多想再靠近些，他卻收回了臂膀……

「我太累了，妳也好好睡吧！」

是的，好好睡吧！盼望今夜會有個好夢，只是，那個夢是過去、現在抑或未來，我不知道。明月若有情，也請助我保有這個夢，只是——那是個怎樣的夢啊？一整夜，一連串的問號在我體內竄動。

b

等了這麼多年，再也不能讓他從我生命中溜走了。我既不要求，也不在乎，只要能常看到他，能常跟他在一起，我便無怨無尤。可是，愈來愈怕他的離去；怕看他的背影漸漸遠離消失；怕獨自面對自己的時間，無聲無息，只有自己跟自己說話，對自己吶喊——

「不要走，好嗎？」我近乎哀求的對他說，再次投到他懷裡。

「不是已經陪妳這麼久了嗎？也該走啦，好好休息！」他撫著我為他留的長髮安慰著說。

「不！我不要你走，留下來陪我，永遠不要走！」我的臉在他的胸前摩擦著。

他有點不耐煩地將我扶起，雙手按著我的肩說：「怎麼這樣呢？妳不是說過妳不在乎，不要求的嗎？我們之間是沒有任何約束的啊！妳說要體諒我的，不是嗎？」

「你——走吧！」我再不情願但也只能如此回答。

他拍了拍我後，將外套搭在肩上，等到電梯門就進去了。而我，望著冷硬的電梯門，臉上已淚痕斑斑。

我也是個女人啊！哪個女人不希望擁有自己所愛的人，而且是獨有的。但我竟然只能這樣，盼著他來，看著他去，難道我只是他偶爾光顧的旅館嗎？在他需要時給予慰藉，達到目的他便飄遠消失。曾經這麼以為：我們都是成熟的人了，能夠很條理的處理自己的感情；不互相要求、牽制，各自是獨立的個體，擁有各自的生活空間，只要珍惜相處時那份真實——基於彼此感情、身體上的互相需要，沒有牽絆，只有快樂。可是，那是我嗎？我愛他呀！我學不來洋人的那一套，只是愛呀！然而愛這個東西，究竟是單純還是複雜的呢？

朋友一個一個的遠離了，他們數落我，對我指指點點，當我是個十惡不赦的罪人看待。究竟我犯了什麼罪？又傷害了誰啊？這不過是我們兩個人的事，別人的感情世界，誰能插手管呢？誰都知道情與理是很難平衡的。以為跟永華在一起後，我會不再孤獨，像一隻飛個不停的小鳥找到了棲息的枝頭，可是誰知道，更凜冽的寂寞正張著利爪準備撲噬而來。

原以為愛是付出、是犧牲，然而當你付出愈多時，所希望的回饋便愈多；你會不斷地問自己有沒有價值。於是所謂的奉獻，只是書本上的文字，只是理想世界中遙遠的夢，因為人性本身就充滿了獨佔慾，就像小時候，你會因為一個玩具，跟兄弟姊妹爭搶，搶不到就哭，一樣的心理。所以，人，真能不互相要求嗎？對永華，我的要求難道過分了嗎？

不！不要——不要走，要，我要——我要——啊！在極度的矛盾痛苦中，身子扭曲的在掙扎，將自己撕裂——撕裂——

c

不是說了不在乎他的嗎？這麼多年了，除去為了兩個女兒，我才懶得看到楊永華，但是他的事情居然還在我腦海迴轉。聽朋友們說：「楊永華最近又跟一個女人在一起，可憐的章依雯呦！」是啊！可憐的章依雯，誰叫妳愛上楊永華這個男人，真是罪有應得。我倒要看看他們的下場。

不斷地扭轉手中的毛巾，是忿怒？是高興？是不甘心？是愛還是恨？不！他只是利用女人來滿足他的優越感罷了。這個不要臉的男人，怎麼會想到他？還有——從前，那些快樂，那些爭吵，真的遠離了嗎？

那天，就在這個咖啡廳，他帶著兩個女兒來見我，我看到他的眼神裡有種苦苦的訴求，帶著點溫柔。但無論他說什麼，我都不會再接受他的，那是他的溫柔嗎？不！那是他的風流、下流，騙得了別的女人，可騙不了我，總有一天他會遭到報應的。許久，他終於開口：

「亞慧，晚上一起吃飯吧！」

「不了，我晚上跟董事長約了。」

「董事長？那個老男人，妳還跟他在一起？」

「你又怎麼樣？再怎麼樣人家也比你好。」把頭一甩，真是，他憑什麼管我，就算我們還沒離婚，事已至此，又有什麼區別呢？他也不先看看自己的骯髒相。

「好吧！隨妳。」

沒錯，我七年前就跟我們董事長在一起，他風度翩翩，體貼而且尊重女性，一個五十歲的成功企業家，哪像楊永華，在外面是人模人樣，回到家卻是個野蠻動物。為了這事，永華還跑來跟我大吵一架，他有什麼資格嘛？他要我顧全他的面子，他又何曾顧到我的面子？難道只准男人有外遇，女人就不能有外遇嗎？

放下手中的毛巾，用湯匙攪動杯裡的咖啡，等待著窗外的人影。終於，他帶了小玲小莉進來，坐下後說：

「妳還是喝這種咖啡？藍山的。」

「你還是要冰啤酒，是嗎？」

他點點頭。是的，我們都沒改變，那麼，還能再改變什麼呢？永遠不會有一致的步調。

永華先行離去，我跟女兒足足坐了幾個小時，我在做怎樣的一種等待啊！事業，理想，愛情，那是哪一國的名詞？不！我只是要做我自己，只是如此！

買單後走到門口，盡力把楊永華這三個字甩掉，可是，仍然想看到他的下場，因為我不甘心！

d

曾以為我很了解女人，而今卻不知女人是一種怎麼樣的動物？她們口裡說的無怨無悔，卻又對你百般要求，彷彿你是她們的戰利品，哈哈……我楊永華居然成了一群女人的戰利品，我是她們的俘虜。哦！不，她們才是我的俘虜，是我撒下一張張的網，讓她們自動投入的，可是，我怎麼被撕裂——撕裂——啊！

我不是一向最能掌握自己，掌握別人的嗎？可是怎麼好像一切都不在我的預料中了呢？如果說男人是風流的，那麼這也是女人造成的，有怎麼樣的女人就有怎麼樣的男人啊！這世界就只有男人與女人兩種，可是兩者卻一直玩著不停止的遊戲。不，那是戰爭，原來人是需要戰爭的，只有在不停地征戰中才能獲得快感。那麼幸福又是什麼呢？它跟所有哲學上的名詞是一樣的，不停變化著定義，那不等於根本無定義嗎？也許只是那一剎那的感覺，看你想要怎麼想。認識亞慧時，我以為找到了幸福，好久了，我都這麼以為，最後才發現又是一個不可期的夢，而夢的本身，都已破碎！

真不想讓任何一個從我生活中離開。她們付出過，難道我就沒有？但親愛的女人們，請記得我並不是妳們的專屬品啊！我何嘗不想給妳們快樂？然而妳們的要求卻是這樣多。難道一定得作選擇，而不能和諧共存，讓我自由的來去嗎？

我有什麼錯呢？本來我的家庭，我的一切妳們就都知道的，我沒有不負責。對亞慧，那是我們不適合；對依雯，我沒有拋下她，依然關心她、愛她；對采晴，那不是早就講明白的嗎？

這場遊戲原來並不好玩，可是人追求愛情的潛力是如此之大啊！那是一種無邊的刺激，人需要不斷的刺激。那麼什麼是愛？在這個時代裡，早已沒有什麼能夠恆久了呀！滿足彼此需要，當彼此不再滿足時，就是遊戲結束的最正確時間。本來我不屬於你，你不屬於我，但我們同時屬於這個現實的世界，有著相同的人性，不停地在性靈的柵欄中衝撞，那麼，走吧！走出這擁擠的人群。

我不能說什麼，只能默默地等他回來，看他離去。真的不甘心，我還擁有什麼呢？對！這幢冷冰冰的房子，伴著我和小英。不，還有那個夢，那個久遠而溫馨甜美的夢，陪著我們。

一隻一隻的手向我揮舞，向我擁抱，向我撲來，然後又離去。忽然「啪」的一聲，打在我臉上，好痛好痛，驚醒中撫著臉，極力尋找夢中的情境，可是再也組織不起來，一片一片都是破碎的，狼藉的——

聽到開門的聲音，是夜裡一點，永華回來了，他還沒進臥房，我先去浴室放洗澡水吧！出來後看他正在解襯衫扣子，邊脫邊說：

「怎麼？妳還沒睡啊！」

「我睡了一下，做了一個夢，就起來了。」

他「哦」的回了一聲，正要進浴室時，電話鈴聲大作，怕吵醒小英，正要去接時候，他已衝了過去——

「哦！好，你等一下。」他進書房去接電話。

他進去書房後，我悄悄的跟去，貼近門邊牆上，不甚清晰地聽到：

「什麼？不要哭嘛！妳剛剛怎麼不說呢？唉！怎麼會這樣子，妳不是說妳有預防嗎？當初我們不是講好的……不是，我不是怪妳，這……我……好，妳不要生氣，不要哭，妳要我來，我馬上來！」

一個巨大的鐵槌一記記打在胸口，整個腦子，整個人即將迸裂，我的心、腦，一切碎了，溶化了，什麼都沒有，不再有感覺，只是飛速奔回臥房，趴癱在床上。

永華進來後，重新穿上了襯衫，如同無事般的靠近床緣，彎下身拍著我，一個吻印在我髮上，然後說：

「我有要緊的事出去一下，妳繼續睡吧！記得，做個好夢哦！」

是的，我會躺在床上，繼續做著那個夢，拼湊那個殘碎的夢。

（小說創作月刊）

你真的願意嗎？

一陣冷風襲捲而上，從關動的門縫間湧進，一種沁人心脾的涼意，揮掃這個空間，空蕩蕩地，空洞、空茫、空冷……。小珍身處之地，所見之處，一切的色彩變得陌生而寒冷，白色、藍色、黑色——，如此靜止卻又如此地天旋地轉。旋轉的幕像裡，驀然中，小珍以一手撐扶住桌緣。硬挺挺地站起，目光執守於找尋，找尋她眼中熟悉的小小，熟悉的過去，過去的一秒與即臨的一秒中，所發生的一切事態；但是只見那昏濛中冉冉升起一片瘴氣，在十分迷晃的當兒，小真的雙眼卻突然銳利起來，如兩隻尖長的細針，似兩道劍光般地交互刺進空氣，讓等待衝入肺葉的氧，火速地被劃破被割裂，成為在眼球眨動間的濁茫氣流裡，那一粒、兩粒、十粒、百粒，粒粒塵埃愈形顯大，如是萬花筒裡的變幻，艷彩撲向眼中，撲向體內的焰火，直令她不及閃躲，燃燒得不可收拾，不及閃躲——！

閃躲！躲到哪兒去呢？對！是小小，找回小小，不能讓小小離開；離開了小小的自己，就宛如一張虛脫的殼，失了重心的皮，恁自在無盡的大海中沉浮，隨時可被攫獲，又隨時會被擊散；沒有脊椎，沒有依柱，只是一個影兒，一個影兒！是的，從沒有像現在這樣，秒針愈往後推移，那種惶惶然之感也就愈發迫近，迫使載負皮殼的自身，已被傾軋在摩擦的風之隙緣，在翻騰的內腑與冰凍的皮面間；逼得她全身已直直豎起了寒毛，於僵化的步履中，一個踉蹌，再次奔向窗口邊。

偎在窗口邊的小珍，望向昏黃的天外，世界全浸於一片晦澀中，天空顯得十分渺遠，自身又是萬般地細微，所有存在與不存在的關係，發生與未發生的事態，都在時間的崩離中散落，什麼也摸不著了。她無力地垂下了眼皮，將臉埋於手掌間，讓視野墜落到意識的潛底，產生一種光裸的感覺；是光裸的自身，在冰冷的深海飄游。是的！是她張大了嘴，一種嘶喊，急迫地要從內臟躍出，但喉管卻已乾硬得幾近痙攣，只有在瘖瘂無聲中掙扎時，她竟聽到了，清清楚楚的，彷彿穿越千萬光年的距離，緊攀著她的神經而來，這樣強烈的聲音：「妳真的願意嗎？」

是小小嗎？她不敢確定，小小的聲音會是這樣強而有力的震撼？是這一句話，幾乎已把小珍完全地撕裂，把小珍逼到無路的絕地，落入深闃的斷崖底，無以反抗，不能言語，不——！小小是有一雙翅膀的，小小總是輕輕地來去，即便在暗茫的風中，也不染一絲塵埃；是小小，讓小珍感到一點點自由，一種解放後的舒暢，她要小小，與小小全然融合為一！可是，在這暗重重的流壓未曾散去時，她不敢抬頭，不敢確定，即刻要發生的是怎樣的事情？一點把握也沒有，只能倚立牆角，整張臉已完全埋藏在雙手間，皮內肌裡的細胞像吹了泡似的，凸漲了起來，一副拳拳摩掌以待狀，但仍不可避免地，身子被人重推了一把，也就是這一推，推開了纏結體內那陰森森的魂魄，她感到一張形似自己的黑影，倏地被拋離了三丈遠，一時輕鬆了不少。眼皮尚未睜開，就看到一道金色光芒在面前閃爍，待她完全睜開了眼，要看清楚究竟是誰推了她一把？但所見於眼前這一空間的每一物體，竟全都明亮了起來。她找尋著，終於，在自己頭頂的左上前方，見到飄浮於空中那三寸般大的小小，小小默然低頭背對著她，雙腳呈弓字型地拉開，一副欲飛躍而去狀。這讓小珍再也忍不住了，把一手伸出去，卻撲了個空，只好對著小小喊：

「妳不要走，我知道，妳有話要對我說……！」

小小沒有回頭，只淡淡地說：「這一次，我必須離開，並且不再出現，為了我自己！」

「不！妳說過，妳就是我，我們必須整合在一起！」小珍立刻接上說。

「可是妳已經不需要我了，我的出現，並沒能給妳什麼！況且妳……！」
「妳錯了，我……，我也錯了，妳才是我的唯一。」
「唉——！」小小長喟一聲，將身子又飛離了小珍些。
這讓小珍又急急上前，迫切地喊著：「妳不能這樣！向來就是妳對我愛來就來，愛走就走，不高興還會在無聲無由中打我一巴掌，我呢？我算什麼？我的世界被妳整個的弄混了，我好像是我，又好像不是我！妳帶給我心暢神怡，也帶給我一片惘然，而妳今天卻……！好——！就算妳要走，也該給我一個理由啊?!」
「的確，妳說得沒錯，妳不算什麼！妳什麼都不是，所以，我不能再跟妳在一起了，就因為這樣的妳，我無法再跟以前那樣輕鬆自由，我的身體加重了，揹負著沉重的殼，我飛翔的速度變慢了，甚而原有的翅膀也變得僵硬，而無用的退化掉；連眼睛也開始模糊，靈敏的手腳變得遲鈍。如果我再不走，我的眼睛會瞎掉，如果我再跟妳在一起，等黑色的細菌沾染我潔白的肌膚時，我就開始腐朽、敗壞、惡臭，而永永遠遠地死亡了！」
簡直無法相信！小珍的臉整個扭曲了，而於驚懼中急喊：「不——！難道我竟是……！竟是這樣醜陋的——，一個魔鬼！不！妳說出真正的原因？我跟妳之間的關係？這全部事情發生的經過？告訴我，為什麼？」她驚恐地望著自己顫抖的雙手，重新又將頭埋在手掌間。

「妳……，真的想知道嗎？」小小輕飄柔麗的秀髮，瞬間豎直成清晰分明的鐵絲，然後轉身，回過頭來。

當小珍仰起頭來，著實被嚇到了，小小的那一張臉，不僅跟自己如此地相像，並且，與自己的臉同步地，正緩緩趨於扭曲崩裂中，彷彿一塊久遭乾旱的黃土地，在那斑駁累累，裂帛深陷的痕紋裡，企盼一滴甘露的滋潤；但是在現今這時間的流裡，任何奇珍異水都沒有降臨，只有任它逐漸地壓擠皺縮在一起，像一個洩了氣，被人揉捏踢打過後的橄欖球。

這……，是這樣不可思議，而讓小珍把右手食指，讓門牙囓咬著，整個人已僵呆成一座雕像。但是，她依舊相信，還會有更不可思議的事將要發生。果然，在小小的一個閃身間，小珍看到窗中的色彩，景物全起了變化，如一面三菱鏡，像在攪拌調和什麼似的；然後，所有的色彩與物體，似七彩煙火般地散落，而呈現一片潔淨明亮的白，絕對的純白，已不只浮映於她眼前，更讓她嚐到，一絲絲清涼意。當她深深吸入一口氣時，但見小小的口中，竟也同時吐出一團白煙，而迷濛中的那扇窗，已如一面七十二吋的大螢幕，待她目不暇給的注視，這一齣跨時空，超次元世界的大戲。當然，她更凝神以盼，這齣戲的啟幕者——小小，將要對自己所訴說的旁白。

「好吧！是該揭曉的時候了，我會讓妳親自看到、聽到，那把我帶入死亡境地的一幕幕情節。」飄動於窗前的小小，說話的聲音竟變得更沙啞了。

小珍看到小小的身影，正在一毫一釐地縮減，一陣抽痛在心中，難道自己真是個劊子手嗎？不能相信！這分不清的情境，讓自己像個受刑的罪犯，等待終局的宣判。就在這時候，這片窗幕中，突然一個天崩地裂的巨響，迸射出一道耀眼的光，刺入她眼中，逼使她於驚顫中後退時，不慎跌靠於桌角，待起身仰首時，已然是……。

披著長長直髮的自己，剛進公司時，總以微笑迎人，尤其是遇到男同事，說話的聲音更會於低柔中帶著嬌嗔，言談顯得親切有禮，不時也有些輕鬆的戲言，知道唯有這樣，才讓許多人，尤其是男人，特別喜歡與自己搭訕，然後，再從中竊喜不已。

一大早就先到辦公室的自己，正幫郭志隆及幾位資歷較久的男同事，泡好一杯咖啡，沖上一壺熱騰騰的茶，整齊地擺在他們桌上，再隨手整理了桌上的文件，然後等郭志隆進辦公室時，自己躡手躡腳，滿臉羞怯地上前：

「郭主任，不知道你是喜歡喝茶還是喝咖啡，所以我就都替你弄好了，希望你會喜歡。」

郭志隆端起杯子，聞了一下咖啡說：「不好意思！這麼麻煩妳，叫我郭大哥就好了。嗯——！哦！聽說妳還是外文系的學生，這樣白天上班晚上唸書的，很辛苦吧？」

「沒有啦！還要請郭大哥多指教！」

小珍從這片窗幕中，看著從郭志隆桌旁低頭退去的自己，看著那與自己的背影愈漸拉遠的男同事們，是如何地交頭接耳，如何地在打量自己。

「這新來的文書小珍，看起來蠻清純的，氣質也還不錯，怎麼樣，誰有興趣啊？」

「清純?!這可不一定，這女的才來沒多久，我就接到一大堆男的打電話給她，昨天她還邊打電話，邊哭哭啼啼的哩！」

「這算什麼！咱們業務部，個個是帥哥，論到把妞啊！哪一個不是經驗豐富，來來來，看誰先做代表，去探路一番啊？」

「那當然是我們的第一帥哥，郭主任郭大哥囉！說真的，郭大哥啊！我看小珍對你挺有意思的。」

「那您真是洪福齊天哩！大嫂那兒要不要我幫你應付啊？」

「什麼話！告訴你們，十個女人我照樣擺得平平的！」

快下班的時候，綿綿陰雨把天弄得暗沉沉的，那個再也按捺不住黯然獨去的自己，於是向郭志隆開口：

「郭大哥，您待會有事嗎？可不可以方便送我去上課？」

「沒問題，我當然方便，只要妳願意……！」

——只要妳願意，願意，願意——！這一句話，怎麼老是低迴不去？小珍望著這窗幕裡所映演的景像，每一言語與聲音。然後在倉皇中，來不及等待，這光影的跳接、轉變……。

另一場景的幕像。

是四條腿在激烈中交纏摩擦著，光裸的四條腿，光裸的自己，與，郭志隆，在「佳儂」的第一次，那些動作！那死命的喊叫與渴求，這時！那時……？怎麼連自己都看不下去，噁心，難道有人把當時都錄了下來嗎？不可能——！的確，有一種極大的欲求，讓自己滿腦想著是：「寧為敗德的妖精，不做可憐的怨女！」不——！這是自己嗎？

一陣滿足後，在喘息中昏沉睡去的兩人，如兩具死屍般。到了半夜一點多，志隆起身穿衣時……。

「別走嘛！我跟你說……！」

「我……，我老婆還在家等我哩！」又被拉上床的志隆，有點緊張地說。

「別急嘛！你不是說，你並不愛她的嗎？」

「可是，總還要應付一下！」

「嗯——！不要——，我跟你說，你來嘛！來——！」

自己——！竟又摟著志隆的頸，吻著，舔著——，在床上——。

小珍簡直看不下去這幕像中的自己了！這一切，就像兩隻飢渴的動物，為了搶奪食物而彼此撕殺，她不能忍受，這極大侮辱的一幕，這無比的羞愧，已似利刃向她砍伐而來，讓她緊緊闔上眼皮，右手支頤著頭。

許久，等她再睜開眼時，已然看不見自己，而是，那一群人，在辦公室裡……。

「志隆，妳跟小珍現在搞得怎麼樣啊？」

「別說『搞』嘛！多難聽啊！郭大哥是顯出男人本『色』！」

「哇操！這女人真行，一個晚上要來兩、三次！我都還沒休息夠，她又把我弄『起來』了，等好不容易把她給擺平，我一回到家，可還有個老婆要應付，唉！好在是我行，對了，這些你們可別亂說哦！」

「當然不會，你老婆那裡，我們會幫你保密的，不過，你要告訴我們情節到底是如何啊？」

「說真的，我還真他媽的替這女人想到，事前我還甩了她一巴掌，問她是不是真的願意？」

「真的？結果她怎麼說？」

「這還用問，那當然是『身體語言』囉！」

「哇！志隆，你老婆每天都用什麼給你進補？」

「這怎麼能告訴你！我的秘方吔！好了，我要出去開會了。」

等志隆走後，那一群男人又開始跟另一群女人說，大家都張嘴注目，聽得津津有味。

「這小珍，真是太丟我們女人的臉了！」

「我本來還以為這女人有多清純，那天她跟我去逛街時還問我，對於女人婚前性行為有什麼看法。」

「跟你們說，據我打聽出來，她從前的男人竟是我一個朋友，他們是在婚宴上認識，小珍先打電話約那男的，才第二次出去在MTV時，就二壘打。三壘打起來了。」

「真是，我看你對小珍是不是也有興趣啊？」

「幹——！告訴你們，我沒有A餐也要B餐，附餐是絕對不要的！」

小珍看到這裡，咬牙切齒中，直想把郭志隆給殺了，就順手拿起桌上的一只杯子，往這片窗幕中砸去，但卻沒有起任何反應，反而聽到一陣汽車喇叭聲，聽到樓下有人在叫她，而這室內的一切，仍兀自在映演著。

「喂！你們看，小珍這女人是不是花痴啊？」

「這還用說，簡直根本就是！」

「哼！這女人要是找上我，我看我自行了斷算了，切斷炸成油條送她！」

「那豈不太划不來了，女人真是禍水哦！」

「什麼？你敢罵女人，你……！」

然後是一片笑罵與嘶打，讓小珍的眼睛瞪大凸出，整個人都暴跳起來，但是更激動的是，窗幕中產生一聲爆裂的巨響，然後是長長的汽車喇叭聲、叫她的聲音，全交雜在一起炸開，所有的影像瞬刻成碎片，消失在空茫裡。

小小呢？無聲無息，成一個黑點，一粒塵埃，飄落——不！——！

——妳真的願意嗎真的願意真的願意願意願意願！——

她緊握著雙拳，頭髮完全散亂，唇邊滲出鮮紅的血，仆倒在桌上，抬眼時只見筆筒裡那一只，生了銹的，黃色的美工刀，她抓了起來，推出刀鋒，全身顫抖著，一股洪流般的氣力即將奔洩。她大喊著：「我不會容許任何人玩弄我，小小，哈哈——！我要妳，妳就是我，我的一切，妳不要走，我不會讓妳離開！」刀子揮出，唰——！

血——，濺射在她臉上，是郭志隆的血，恰巧一開門時，在他那俊美的臉上，劃下了一刀，還沒待郭志隆自然反射的抵抗，小珍大叫一聲，衝出辦公室，衝出這棟大樓，在夜幕的風塵中，消失——！

（上班族月刊）

渾緣

如薄霧之昇起，如風之吹散落葉，緣起緣滅！

接連幾天的陰雨綿綿，已難得有客人上門，茶館開在二樓，除了在吃飯時間，樓下餐館傳來稀稀落落的喧鬧聲外，這一片寂靜，是屬於秦依芃的，和那一向支持她的藍秀。一下午，她們默坐在榻榻米上，把玩著各式各樣的茶壺，她曾經希望在這一方空間，擁有自己，擁有夢想，而現在，只是沉靜的氣流，在這空間流竄。

當初她想當老闆娘，佈置一個溫馨如家的茶館，在與藍秀一夥人，拼拼湊湊下，終於有了這個小地方，用自己的創意，讓疲倦的心有個角落窩藏，啜一口清香，舒一懷恬淡，就連一切的裝潢與招牌的設立，都是大夥自己動手的，還有門口麻布上的字句，那是她撰的句子，均奇設計書寫的，自從均奇美工科畢業去當兵後，就再也沒見到他了，前天均奇來信，說要回來，這幾天就連夢裡腦海裡，也不時翻攪著麻布上那幾句：「在這一方空間，去完成那未完成的夢，達起的每一個足音，都幻想著可能或不可能。」

茶館裡有一些寄賣的字畫與古董，地上鋪著的全是榻榻米，客人一進來就要脫鞋，櫃台是設在靠近茶房的矮方桌上，不論什麼時候，這張方桌一定是客滿的。

藍秀正慵懶地躺在桌旁的榻榻米上，懷裡抱著坐墊，接連幾天的出外景，顯得有些虛軟，半瞇著眼對依芃說：「妳那裡還有沒有頭痛藥？最近又累又煩的，我只想在電影界做好場記的工作，但卻討厭應付那些人。」

「妳啊！妳是心理因素！」依芃脫下大衣，蓋在阿藍身上說。

藍秀有一張黝黑圓厚的面孔，笑起來眼睛瞇成一條縫，身上永遠是一條牛仔褲，一件絨布襯衫，套件夾克後，走起路來有一種蠻不在乎的灑脫狀，若再騎上個野狼一二五，就更分不清是男是女了。依芃望著藍秀，總希望她無論何時，都能像走起路來那般瀟灑自在，相識一年多來，依芃總覺得，她們的心靈是如此的接近，似乎想要擺脫什麼，卻又總被什麼禁錮著。

當門前風鈴響的時候，依芃點了一根煙，迅速的跑進洗手間，丟下一句話給藍秀：「快幫我看看，是不是有客人？我肚子痛，來不及啦！」

「這女人……。」藍秀揉了揉眼，氣呼呼地嘟囔著。

依芃習慣地用衛生紙擦了擦馬桶蓋，然後才坐下去，手裡握著的衛生紙，不自覺的揉捏成一團，腸子間蠕動的痛楚，一陣陣的湧上心頭。她聽到男人的腳步聲，男人的呼吸聲，索性將衛生紙撕了又撕，或許是康傑，他說今天要來解決他們的事情，她現在什麼都不要了，只希望他早早簽字了事。也許是均奇，當他跟康傑鬧開時，常常在書店閒逛，那時均奇還是個高中生，炯炯有神的雙眼，黑裡透亮的膚色，細長的手指，不斷地向你招手，挺直的鼻樑彷彿亙古的樹幹，聳立在肥沃的黃土上。他笑起來有幾分稚氣，和一種渾厚質樸，不染塵俗的感覺，他們在一起，依芃從不去想著未來，只是現在，均奇的聲音在她腦海迴盪：「依芃，妳知道我好喜歡這個『緣』字，妳相信緣嗎？我覺得人與人的相知，萬物的相契、相合，都是一種緣。」

「我知道，但我更喜歡『渾』這個字，一切都是渾然天成，有一種質樸與自然，渾厚與懵懂，介於知與不知之間」

依芃說完後，伸出手握著均奇，均奇湊近她，用另一隻手撩起她烏黑濃密，波浪式的長髮，她倒在他的懷裡，那洋溢著青春男孩的氣息，彷彿徜徉在陽光下的柔軟草原上，一時之間，他強烈的心跳聲向她心底撲來，喚起一種遙遠，一些曾經，交織成數不清的思憶，數不清的融合與分裂。在那忘情的時間裡，她的紅唇觸動，喃喃地念著：「渾……緣……。」

她用力地按著馬桶的抽水閘，激動的流水打斷了一切，為了沖水的事，不知與康傑吵了多少回，他小解後總是忘了沖水。

依芃站起時，突然間一片空白，一切又亂了，水龍頭裡流出嘩啦啦的水聲，耳旁盡是均奇的笑聲，康傑的怨聲，均奇，能給她什麼呢？無盡的柔情與蜜意嗎？畢竟是捉夢的年齡，而她，失去了夢，留下的只是鏡中的自己。

抽出一張衛生紙，輕輕擦拭眼角的水跡，環顧浴室周遭，不禁又發出會心的微笑，浴缸旁垂下的竹簾，鏡子邊懸著的中國結飾，一切是那樣的清新乾爽，而康傑卻總愛把她精心的設計，弄得一團糟。她閉著眼，雙手伏在洗手臺上，聞到陣陣的茉莉花香，卻也傳來藍秀的喊叫聲：

「喂！秦依芃，妳掉到馬桶裡去啦！」

「唉呀！人家上個廁所還催，究竟是誰來了嘛！」依芃重新打起精神出來說。

「依芃，妳看我挺準時的吧！上午電話裡我可是說五點到的喔！」一種嬌柔的熟悉語調對依芃說。

依芃眼睛一亮，恍然中才看到方瑜，急忙從茶房裡端出茶食，出來對方瑜說：「我當妳不來了哩！」

方瑜故做雙手抱拳道：「好友有事，怎敢不來？」

依芃又點了根煙，將手一揮說：「我……，我有什麼事啊？」

方瑜端正的坐好，擺一副正經的臉孔說：「妳真的要把這個店結束掉啊？」

「不結束行嗎？總不能一直虧下去。」

「我們可以想想辦法，我捨不得，這裡有我們太多的夢想與歡笑。」

「放心，以後可以到我家來喝茶嘛！總之，我決定的事不會再更改，也不會後悔。」

方瑜啜了一口茶說：「就像妳決定跟康傑分手？唉！我真不懂，當初你們怎麼會在一起？」

依芃彈了彈煙灰後說：「沒什麼，不過是一個男人跟一個女人，玩了一場以為是愛情的遊戲。」

「那均奇呢？那個比妳小五歲的男孩？」

依芃不語，吸了一口煙，無奈地微微一笑。她總喜歡灑脫的笑，笑聲後緊接著一聲長嘆，在那盈盈笑臉裡，有著一種脫俗、自然、蠻不在乎，卻也惹人幾分憐愛。她很少化妝，原本皮膚細緻白嫩，一對黑而亮的眸子，加上一張頗有個性的小嘴，雖然從不認為自己很美，但若刻意再去創造那麼一張臉，是麻煩而無聊的，就連平常的服飾，僅是一條牛仔裙，配上寬鬆的白色T恤。

她重新沏了一壺茶，才繼續說：「別盡談我，妳呢？不是最近忙著考律師執照，還有那個同行的男友呢？」

「沒什麼變化，我跟他生活的很好，一直按著自己的計畫在做，感情是生活中的一部分，但婚姻卻不一定是現代女性唯一的歸宿。」

藍秀這時才睜大了眼睛說：「我贊同，像我就是絕對的獨身主義，一個人逍遙自在多好，悲與喜都自己承擔著。」她坐起點了根煙，繼續說：「喔，依芃，我差點忘了，剛才康傑打電話來，說他不來這裡，要另約時間。」

話剛說完，一陣電話鈴聲響起，依芃猶豫了一下才去接，彼端傳來沉穩熟悉的語調：「喂！依芃嗎？我想我們星期天下午三點，在老地方見吧！」

依芃嗯了一聲，在掛電話的那一刻，抿了抿唇，一剎那間，感覺一口氣舒坦下來，便走進廚房，開始製作三明治，平常一個人時，就愛研究些不同口味的東西，康傑卻總要她照著食譜去做，現在不用再擔心，阿藍與方瑜都愛吃她做的三明治，絕對是獨具風味的。

晚飯後，藍秀電影公司的人來，鬧了一陣子，便提議去喝生啤酒，直到雙頰微醺，順著夜風的吹送，藍秀騎車載她回茶館，醉意朦朧中，在榻榻米上將就了一夜。

舊曆年剛過，就呈現一片暖冬，初升的朝陽將大地照的光采煥發。十點了，她們還躺在榻榻米上，忽從迷離的睡夢中傳來一陣急速的叩門聲，依芃驚起後，用手將亂髮往後抿了抿，正要推開門時，透著玻璃門，清楚地看到，一個穿著軍服的男孩，驚喜與愕然正交錯於依芃心田，均奇已推開門，一把將她擁住說：

「妳知道嗎？楊均奇思念女友成疾，所以長官特准十天假，讓我來看看我的小依芃。」

「唉！你明知道……。你還是比信上說的晚到了三天。」

「喔！我……，先回新竹去看爸媽了！」

她掙脫了他的臂彎，輕聲的說：「噓！阿藍還在睡，我先替你去弄早餐。」

就在那一刻，她看到均奇秀氣的眉毛塌了下來，皺擠成一堆，兩個鼻孔在打架，連鼻毛都豎直了，從均奇燃燒的瞳孔裡，這才發覺自己身上未消的酒味，均奇不但不沾酒，也厭極了酒味，畢竟只是個大孩子，前一陣子他還參加過拒吸「二手煙」的活動哩！依芃退了幾步，正走進廚房時又往後瞟了一眼，見到滿室的狼藉尚未收拾，均奇只有靠在牆上，用手抓亂了頭髮，然後用力將行李摔在地上。看他跪倒在榻榻米上，握緊了拳頭，不停地搥打著，將手一揮，煙灰缸裡的煙蒂灑滿了地，接著一聲似颱風般的喟嘆，向她狂捲，她血紅的心臟被吹落，雙眸全長滿了冰冷的刺。她茫然的在廚房摸索一陣後，見均奇開始尋找行李裡的畫冊，才出來對他說：

「均奇，抱歉，又剩下兩片吐司了，我知道你不喜歡吃吐司，待會兒我去買菜，中午一定讓你好好吃一頓。」

「不用了，我真的不餓。」

「那你坐一下，我去拿一樣東西給你看。」

依芃出來時，手裡拿著一件牛仔外套，樣式是中間開拉鍊，右前襟覆著左前襟處，有一排鋼釦，以及左右兩邊的大口袋裡，透著一種野性與帥氣，正是時下年輕男孩的流行穿著。依芃笑著對均奇說：

「我前幾天在士林特地為你挑的，好不好看？」

均奇瞄了一下，低頭沉思著，良久，才開口說：「茶館生意不好，就少買些東西，部隊裡有發薪水，我自己會買，這個……，拿去送給你弟弟好了！」

「你……！」依芃有些氣惱，一屁股用力坐下後，一把抓起桌上的一包煙，正抽出一根時，均奇搶過去，點燃了煙，緩緩地吐出層層煙圈，依芃驚訝之餘，衝口說：

「你什麼時候學會抽煙的？」

「每一個成熟的男人，不都會抽煙嗎？」

依芃一氣之下進了廚房，望著茶壺裡煮開的開水，冒出的重重煙霧，如同在她胸中翻滾、激盪，生水——滾水——冷卻，一切是如此地自然，眼前正呈現一片迷茫時，藍秀進來說：

「我想了想，還是告訴妳好了，前天我跟導演在餐廳吃飯時，看到均奇跟一個十七、八歲的女孩在一起……！」

依芃無力地倚在牆邊，恍然中看到牆上懸著的中國結飾，結飾上吊著一塊圖片，上面刻著兩個字——「渾緣」，那是她與均奇一起做的，此時依芃姣美的臉，已皺成一團，用力地扯下竹片後，丟進了字紙簍。

下午，均奇去找同學，依芃心裡也正盤算著與康傑的約會，她打開衣櫃，裡面俱是當年康傑買給她的衣服，什麼圓領碎花式套裝，卻沒有一樣是她喜歡的，她關上衣櫥，決定穿牛仔褲配一件白色長襯衫。

兩點半，依芃先來到約定的咖啡廳，選擇靠近窗口的位子坐下後，想起三年前，跟現在一樣的春天，那是屬於春天的悸動，那年她大四，只剩一學期就畢業了，此時康傑卻無意間闖進了她的世界，在這裡，多少次的眼波交流，心靈交會，萬種情意纏綿，沒等她畢業就結婚了。

現在這裡依然是淡雅幽靜，她卻只顧望著窗外舒卷自如、悠然來去的白雲，正出神之際，康傑已站定在她身邊說：

「對不起，中午有個應酬，我來晚了吧？」

「沒有，其實我們今天沒有見面的必要，直接到吳律師那裡去就好。」

半响，康傑都不出聲，只是靜靜地看著她，終於點起一根煙說：

「沒想到妳比從前胖了，這一年多來還好嗎？」

「我這不是很好嗎？」依芃將手一攤說。

「是嗎？其實這一年來，我一直都在關心妳，妳待過出版社、幼稚園、茶藝館，也失意了一陣子，現在自己開了茶館，卻眼看又要關門了。」見依芃微有怒色，康傑握著她的手再說：「讓我們釋盡前嫌吧！我已經跟那女人分手了，現在才知道，我依然愛妳，最近公司也接了不少訂單，只要妳回來，我們可以開創屬於我們的未來。」

依芃被這突來的言行愣住了，不停地搓揉桌巾的一角，眼前這個風度翩翩的男人，當初認識不到兩個月，就毫不猶豫地嫁給了他，到如今，確實也未曾後悔過，她從來不為過去後悔的，突然間，感覺均奇稚氣的臉龐又在心海盪漾，浮現眼前的，盡是兩個男人的臉交替地向她撲來，她有些暈眩，搖了搖頭。康傑見狀再度握緊了她的手：

「回到我身邊來吧！讓我告訴妳，妳大學沒畢業，當初又是唸文科，在外面找工作不容易，妳知道嗎？妳並不適合做老闆娘，妳只適合做我的小妻子……。」

話還沒聽完，依芃全身被電擊到般地顫抖了一下，臉上的神經繃了出來，站起身來說：「我不再是任何人的附屬品，也無法再過那種從早到晚盼著一個男人的日子。」走了一步後，她用手撫著半邊臉，喃喃地說：「或許，我並不懂得愛！」然後咬著嘴唇離去。

第二天，他們在方瑜的朋友吳律師那裡簽了字，同時下午也辦好了茶館的轉讓手續，一切隨著茶館的結束而結束了。均奇在台北待不到三天就說要回新竹看爸媽，臨走時還對依芃說：「我一回到部隊，就會給妳寫信的。」

十天了，依芃在家足足休息了十天，那是完全屬於自己的日子，偶而藍秀與方瑜會來聚聚，藍秀的片子快殺青了，整個人也顯得神采奕奕，她們說好等片子一殺青，將三人結伴去中南部旅遊，讓雙足自由地擁抱大地。

剛品完一壺茶後，依芃對鏡子做了一個鬼臉，然後拿出唇膏，仔細地塗了一圈，頗為欣賞的笑了笑，不多久，卻又將唇膏塗掉，拿起皮包往外走，該是去找工作的時候了，她心裡盤算著，等賺夠了錢，還要再開一間茶館的，她吹著口哨出去時，在門口信箱看到一封信，信封上寄件處是「××郵政八二六號信箱」，以及熟悉的字跡，不知怎麼地，手居然還有些抖，她強抑著拆開信時，裡面只有四個字：「緣起緣滅」。

一陣春風輕起，將手中的信件吹落，依芃無奈地笑了笑，正彎下腰撿起時，不遠處傳來一聲呼喚，藍秀與方瑜正相偕走來，抬頭望了望，隨即把信紙折成一架飛機，只聽見「咻」的一聲，奔向藍天，藍天下，三條亮麗的影子，交疊跳躍著。

（民族晚報）

人格崩離的陷阱：〈逃〉評析

張素貞教授

「逃」，選擇人性闇弱的一角，探討人格崩離的現象，是震撼性相當強烈的作品。小說採取雙線鋪展情節的手法，頗具創意。一是滿懷理想的新任護士，投入精神病醫護行列的無力感，終於趁尚未精神崩潰之前逃離；一是「逃」出精神病院的精神病患，又不得不「逃」離現實的「迫害」。一、三、五……單數項目是護士的自知觀點，兼及旁知觀點中其他病患的案例；二、四、六……雙數項目是病患何韻珍的自知觀點。前者著力在理論與實際的扞格，學校教育的真、善、美，理想與社會染缸的虛偽醜惡之對比衝突。人情淡泊，人性卑劣，純潔的護士勉強順應，學著無動於衷，學著保護自己，逃避問題的結果，是逃離這個精神病院。

何韻珍的獨白部分，模擬的頗為成功。每段都交代一部分潛在的刺激因素，每回自我的努力，也都被排拒，而引致更嚴重的狂亂傾向。雙線情節的交會處之一是甜蜜家庭的回憶，護士部分是理想的部分象徵，她怕爭不過現實，怕自己要四分五裂，於是鼓足勇氣逃離；何韻珍部分是父親背叛母親，偏愛姊姊，種下她對婚姻失去信心的遠因；母親自縊給她的驚嚇，種下她精神崩離的潛在因素。最後一個向上「飛」「逃」，一個向下「衝」「逃」！這是多麼荒謬的悲痛的景象。

人間莫非真有許多人格崩離的陷阱？作者憑藉個人的醫護常識，試圖指出某些人們忽視的現象。全篇寓託的成分很大，作者的悲憫盡在不言中。

顛覆「我」的「我」

——讀蕭正儀的小說作品

林燿德

蕭正儀，民國五十三年十一月十四日出生於台北市，父親叫蕭崇寬，在榮總做了二十多年的醫生，她自小就有皮膚過敏的毛病……這些關於蕭正儀個人的基本資料，得自她的小說〈在窗口的女人〉中的對話，民國七十九年的蕭正儀和民國九十九年的蕭正儀隔著一扇窗，彼此問難，透出創作者內在的掙扎：

「或許妳可以聽聽我的計劃。」

「我不要聽，妳能有什麼計劃呢？寫小說嗎？妳以為妳寫的每一篇作品，真有人瞭解？真有人與妳產生共鳴嗎？沒有，當妳啃蝕完妳的心、妳的腦之後，妳仍是孑然一身，一無所有。」

「不管如何，我仍然要盡一份在文學上的責任。」

「是嗎？妳以為妳能嗎？哦——我倒忘了，妳那篇〈在窗口的女人〉寫到哪裡了？」

「快要寫完了，所以我來找妳。」

「找我有什麼用呢？我既不能幫妳刊登，又不能替妳評論一番，妳的一切，莫不是操縱在天之機遇，與人的緣由上，我，是幫不了妳什麼的。」

「我不是來求妳幫忙的，而是要來救妳。」

「不！我不需要，我太清楚妳的一切了，妳所做的並不是我所要的，我們的相遇，對妳對我，竟然都沒有產生任何意義。」

「或許對讀者而言可能有意義。」

「那將是個永遠懸宕的大問號。」

在引文中，我們看見「昨日之蕭正儀」與「明日之蕭正儀」之間的辯證，時間的鴻溝切斷了「我」的統一性，窗裡窗外不同的空間在同一篇正文中容納了兩種「差異的我」，兩個蕭正儀分別透露出不安的訊息，這種安排顯然就是波赫士論波赫士這一類型的弔詭設計，而隱藏在正文之外的第三個（或者說是第一個）蕭正儀書寫了前兩個蕭正儀的爭執和互不信任的迷惘。

其實這樣子的對話也是值得注意的——或許對讀者而言可能有意義。／那將是個永遠懸宕的大問號。——敘述行為的接受者進入了一個小說創作者的支配空間，但是這個小說作者的分裂人格告訴了他自己這種支配行為的虛誕性。〈在窗口的女人〉這篇小說題目在正文中重複出現，「昨日之我」的蕭正儀不斷強調她「正」在書寫的過程，自我指涉的特徵歷歷在目。

〈尋〉是蕭正儀的得獎作品，這篇小說的後設性質不像〈在窗口的女人〉那麼強烈，但很容易發現作者操縱小說第一人稱敘述者來發表人生哲學的企圖：

「你錯了！我是一個人，擁有一個『人』的生命，我存在，必須作為一個『人』的終極目的。」

…………

「不！人是無法脫離過去的。找尋自己，是我的責任，而警員先生，你的責任就是幫助我。」

這是一個遺失了自己的「我」面對警員先生的言談，喪失自我個性與身分的恐懼在此表彰無疑；「我」得到了一疊失蹤女子的資料，物化／符號化的迷失主題——典型的安部公房式存在主義小說——在此赤裸指出現代人的心靈危機和針對體制的批判隱喻，最終的結局理所當然地跌落迷失的原點：

她，一個女孩等於複印紙等於尋人啟示等於……，在這條人行道上。

比較複雜的形式／框架探討，出現在〈關係說法〉和〈候鳥之死〉。從俄羅斯形式主義以降迄讀者反應理論的爭辯，諸如文學的獨立自主性是否存在、現實與藝術的主從關係、詩學傳統與敘述傳統的對抗，乃至讀者／作者／創作背景／正文之間的多重互涉領域，自覺或不自覺地都在蕭正儀急欲論辯、反省乃至破解的野心下流露出來。〈關係說法〉中，擁有個別的咖啡、個別的記憶，三個發言者各執一詞，作者呈現出主觀與主觀的意識交錯領域，也顛覆了真相存在的可能性，而第四個人完全隱形起來，空餘滿滿一杯咖啡泊靠在充滿爭議的桌布上，形成一個反諷的錯置。當然我們可以想像缺席的第四個人，既是前三個爭議者的主席／邀請者，又是他們的窺視／竊聽者，簡單地說，就是這一切「錯誤」的編撰者——在稿紙上沙沙書寫、意得自滿的作家。

〈候鳥之死〉的文體更形駁雜，小說中的現實，和出現在上述「現實」中的一部小說「候鳥之死」的情節糾葛交纏，加以複合敘述觀點的大量運用，時空場域的乖張跳接，敘述文體的駁雜拼貼，整篇小說夾敘夾議的製作顯得非常曖昧。但不可否認的卻是作者的意圖，集懷疑主義大成的實驗精神。

解讀〈候鳥之死〉的方法其實不少，在此筆者擬採取區隔作／敘述身分的角度來提供線索。在「真實作者」和正文中敘述者之間，我們當可虛擬出以下不同牽連層次的「光譜」——

I 真實作者（Real Author）

真實作者指實際進行書寫活動的肉身，能夠收入版稅，吃喝玩樂，被國稅局要求納稅的那個傢伙。在〈候鳥之死〉中，蕭正儀這個真實作者並未真正進入正文演出，不過她可能成為《蕭正儀傳》這類傳記文字的描寫客體。

II 隱藏作者（Implied Author）

指文學研究範疇的作者，他（她）是一個託身在系列文學成品中的「職業性作者」，也是「文體」與「思想」的創造者。我們讀蕭正儀〈關係說法〉、〈尋〉……等作品後所得到的作者特徵便是。

III 編撰作者（Dramatized Author）

前項隱藏作者並不直接出現在正文裡，一但出現就成為編撰作者，〈在窗口的女人〉一文中「民國七十九年的蕭正儀」這個第一人稱觀點，便兼具了編撰作者和後項敘述者的雙重角色。在〈候鳥之死〉結尾處出現的註腳：「七十九年五月三十一日定稿，據說作者不詳，但於諸君五十分鐘閱畢後死亡！或亦可能重生，然秘密待解……！？」這段文氣不太通暢的補述，其實是偽裝成「註腳」的正文，同時也出自編撰作者的聲口；更明顯的是正文中的括弧夾註，作者甚至在夾註之後再度強調「我重申，此乃筆者之贅言」這一類刻意安插的贅言。

IV 敘述者（Narrator）

正文中出現進行敘述的純虛構人格稱之敘述者。敘述者有全知、第一人稱及第三人稱限制觀點三大類型，其中第一人稱敘述者最易與前三項混淆不清，〈候鳥之死〉的弔詭泰半建立於這種混淆「視聽」的基礎上。

照理說真實作者「與」隱藏作者是不可能出現在正文中的，但蕭正儀（這個不該出現在小說中的人物）使用了一個非常簡單的技巧，就是設框：用「戲中戲」的手法，讓正文中出現和正文同名的小說作品暴露其創作過程，甚至部份內容，而使得正文中的敘述者扮演另一正文（小說中的小說）的真實作者、隱藏作者、編撰作者、讀者、傳記見證人等等單一或多重的角色，時而以更替敘述觀念（如同一角色由第三人稱觀點更改為第一人稱觀點）和倒錯的時空轉換。在〈候鳥之死〉中，竟然連編撰敘述者都「昏頭轉向」的質疑著：

「我」究竟是一個主觀者或旁觀者？（這樣的問題確是存在的。）

蕭正儀反覆錯置、揉躪、顛覆正文中「我」的位置，很能顯現新時代作家急欲脫離寫實主義規範的企圖，黃凡、張大春……乃至黃錦樹、黃啟泰這些小說家在近

五、六年來已經完成了許多饒富趣味的佳構，蕭正儀值得嘉許的探索精神也沿襲改造運動的轍痕而前進。

同時，新一代的女性小說家逐漸脫離「女性」的陰影，不在泥陷於我們刻板印象中的浪漫傳奇格局，在蕭正儀身上可以得到印證，像梁寒衣、楊麗玲、邱妙津這些晚近崛起而令人矚目的作家已卸除「女流」之譏，而展現出形質各異的璀璨形象，在在令人振奮。

當然，蕭正儀的作品中仍然有許多粗糙的斧鑿痕跡，她往往為了去框的企圖而加框，為了驗證實驗觀點或理論學說而意念先行，強加議論於字裡行間，在重新質疑／定義「現實」之刻陷進知性遊戲的陷阱，導致為後設而後設的弔詭，卻是值得她個人未來發展創作時應反省的問題。

後設小說在台灣文學發展的中途有其時代性的意義，透過這種過渡時間的反省，後設小說開拓出一個嶄新的思考方向，也動搖、摧毀了寫實主義的迷思和典範，然而進入九〇年代，在舊體制被瓦解的廢墟間，理當思慮的是重建／整合與嶄新高度爬升；因此，蕭正儀如何擺脫自己形成的顛覆傳統，如何避免成為一具紀念性的活化石，則是觀察者的興趣所繫。

更重要的一環可能在於一個作家建立文體的基礎功夫，敘述進行中許多顛躓的細節、缺乏人格特質的對白，誇張而扭曲的形象思維以及氾濫的抽象觀念論辯，在在使得我們在肯定蕭正儀之餘，必須指出她作品中蒼白失血的體質。對於新世代的後起之秀而言，去接受新浪潮的衝激、勇於面對文學生命的新形態是一種非凡的挑戰，但是紮實的基礎更是不容忽略的要件。

參見鄭明娳《現代散文構成論》頁一八一～一八三，台北：大安出版社，一九八九。

（原刊載於幼獅文藝）

釀文學19　PG0566

逃
──實驗性短篇小說選

作　　者　蕭正儀
責任編輯　黃姣潔
圖文排版　賴英珍
封面設計　王嵩賀

出版策劃　釀出版
製作發行　秀威資訊科技股份有限公司
114 台北市內湖區瑞光路76巷65號1樓
電話：+886-2-2796-3638　傳真：+886-2-2796-1377
服務信箱：service@showwe.com.tw
http://www.showwe.com.tw
郵政劃撥　19563868　戶名：秀威資訊科技股份有限公司
展售門市　國家書店【松江門市】
104 台北市中山區松江路209號1樓
電話：+886-2-2518-0207　傳真：+886-2-2518-0778
網路訂購　秀威網路書店：http://www.bodbooks.com.tw
國家網路書店：http://www.govbooks.com.tw
法律顧問　毛國樑　律師
總 經 銷　聯合發行股份有限公司
231新北市新店區寶橋路235巷6弄6號4F
電話：+886-2-2917-8022　傳真：+886-2-2915-6275

出版日期　2011年06月　BOD一版
定　　價　260元

國家圖書館出版品預行編目

逃：實驗性短篇小說選 / 蕭正儀作. -- 一版. -- 臺北市：
釀出版, 2011.06
面； 公分. --（釀文學 ; 19）
BOD版
ISBN 978-986-6095-19-1（平裝）

857.63 100008262

讀者回函卡

感謝您購買本書，為提升服務品質，請填妥以下資料，將讀者回函卡直接寄回或傳真本公司，收到您的寶貴意見後，我們會收藏記錄及檢討，謝謝！如您需要了解本公司最新出版書目、購書優惠或企劃活動，歡迎您上網查詢或下載相關資料：http:// www.showwe.com.tw

您購買的書名：________________________________

出生日期：________年________月________日

學歷：□高中（含）以下　□大專　□研究所（含）以上

職業：□製造業　□金融業　□資訊業　□軍警　□傳播業　□自由業

□服務業　□公務員　□教職　□學生　□家管　□其它_____

購書地點：□網路書店　□實體書店　□書展　□郵購　□贈閱　□其他

您從何得知本書的消息？

□網路書店　□實體書店　□網路搜尋　□電子報　□書訊　□雜誌

□傳播媒體　□親友推薦　□網站推薦　□部落格　□其他__________

您對本書的評價：（請填代號　1.非常滿意　2.滿意　3.尚可　4.再改進）

封面設計____　版面編排____　內容____　文／譯筆____　價格____

讀完書後您覺得：

□很有收穫　□有收穫　□收穫不多　□沒收穫

對我們的建議：________________________________

____

____

____

請貼
郵票

11466
台北市內湖區瑞光路 76 巷 65 號 1 樓
秀威資訊科技股份有限公司 收
BOD 數位出版事業部

（請沿線對折寄回，謝謝！）

姓　　名：＿＿＿＿＿＿＿＿　年齡：＿＿＿＿　性別：□女　□男

郵遞區號：□□□□□

地　　址：＿＿＿＿＿＿＿＿＿＿＿＿＿＿＿＿＿＿＿＿

聯絡電話：(日)＿＿＿＿＿＿＿＿＿＿(夜)＿＿＿＿＿＿＿＿＿＿

E-mail：＿＿＿＿＿＿＿＿＿＿＿＿＿＿＿＿＿＿＿＿